PATCHWORK

DU MÊME AUTEUR

A bulletins rouges, Éd. Gallimard, 1973.
Billy-ze-Kick, Éd. Gallimard, 1974. Éd. Mazarine, 1980.
Mister Love, Éd. Denoël, 1977.
Typhon-gazoline, Éd. Jean-Goujon, 1979.
Bloody Mary, Éd. Mazarine, 1979.
Groom, Éd. Mazarine, 1980.
Canicule, Éd. Mazarine, 1982.

JEAN VAUTRIN

PATCHWORK

Enfants-crimes et désespoirs

histoires
MAZARINE

Boudin-Glu

à Frédéric Dard

« A quel âge avez-vous senti que vous quittiez l'enfance ?
— Je ne l'ai jamais senti. »

Raymond QUENEAU
(réponses à André Gillois)

Bizarre, non ? C'est toujours quand il est trop tard que les grandes personnes prennent l'air embêté.

Avant, vache de supériorité, elles prennent l'air de tout savoir. Si bien que c'est toujours quand nous leur échappons, qu'elles décrètent que les enfants, merde, c'est quand même pas une mince affaire.

Hier soir encore, mon père est rentré à la maison dans un état d'esprit singulièrement agité pour son émotivité habituelle. Il était bouleversé parce que Pamela Pimms avait refugué. Deuxième jeudi de suite qu'elle se tire. Et vraiment pas de quoi fouetter un chat. Gros-Cul ne va jamais plus loin que l'avenue Marcel-Cachin.

Mais non, mon père avait le front serré comme si Pamela était à nous (alors qu'elle est à la famille voisine). Et il a gardé son manteau sur lui pour parler à ma mère qui brisait sa pâte. Avec des yeux bleu foncé (au lieu de verts quand il est dans un état normal), Pap's a dit que, décidément, les enfants ne se traitaient pas par-dessus la jambe. Maman a haussé les épaules en rajoutant de la farine dans sa pâte.

Personnellement, j'ai fait celui qui n'était pas au courant de l'endroit par où les enfants se traitent. Mais j'ai fait naître avec mes pouces un sourire sarcastique sur le visage de Boudin-Glu.

Boudin-Glu est une bonne grosse boule de pâte à modeler qui ne me quitte jamais. Ordre des psychologues. Ils disent que, dans mon cas qui m'intéresse — surdoué avec chromosome X —, il est très important de ne rien enfouir, refouler, je veux dire, dans l'alter de mon ego. Parce que ça pourrait gêner l'épanouissement de mes capacités intellectuelles, nettement au-dessus de la moyenne des autres et pas forcément tournées vers le bien. Je suis peut-être un assassin pour demain, qu'ils disent.

D'où l'idée Glu.

L'idée Glu revient entièrement au docteur Reyna.

Reyna est un type assez freudien dans son genre de psychiatre et me reçoit sur canapé skaï. Le vendredi et le mardi, mais je peux venir quand je veux. Au contraire, il a bien insisté que j'étais ici chez moi. Chez moi, c'est-à-dire chez lui : le centre de Guidance infantile, un endroit avec un parc où toute une équipe travaille à récupérer des enfants éparpillés en morceaux.

Bref, à force de m'observer plusieurs fois par semaine, Reyna a eu l'idée Glu.

C'est arrivé le jour où je lui ai expliqué mes souffrances de ne pouvoir m'exprimer à cent pour cent devant les adultes, sous prétexte que je n'étais qu'un type de dix ans. Il a hoché la tête d'un air entendu. Il était dans un coin de la pièce où je l'avais poursuivi, impossible de se dérober, coincé mon vieux ! Et pour bien me faire comprendre, je l'avais regardé d'assez près dans les yeux. Je lui avais dit pouète-pouète avec une expression de vacherie infernale, avant de lui balancer un coup de tatane dans le tibia. Si bien que, lorsqu'il a eu fini de sauter sur une seule chaussure, il a admis que je venais de lui donner un assez bon exemple de mes pulsions intérieures.

Il m'a dit que, toutefois, je ne pouvais pas toujours espérer donner libre cours à ces sortes d'envies. Et alors, il a eu l'idée Glu.

Il m'a expliqué avec une patience consternante que, puisque je ne pouvais pas exprimer sur le visage de moi ce qu'un petit garçon, même en avance, ne doit pas montrer, il me donnerait, lui, Reyna, l'opportunité d'illustrer par une manifestation spontanée mon trop-plein qui débordait. Je n'aurais qu'à sculpter tout ce que je ressentirais *en plus.* Tout ce qui ne me paraîtrait pas bon à dire. Pour cause de monstruosité excessive. Et même, j'aurais le devoir médical de l'imprimer dans de la pâte à modeler.

Le vendredi suivant, il est arrivé avec Boudin-Glu.

Quand il l'a mis dans ma main pour la première fois, j'ai été passablement éberlué. Boudin était juste un morceau de pâte à modeler. Rien de bien vivant.

Mais depuis, je suis devenu très adroit dans toutes

les descriptions de ma colère, de mes vices, de mon envie de tuer les cons et, d'une manière générale, dans l'art de fixer dans la matière toutes les saloperies auxquelles les autres gosses n'ont pas droit. En deux coups les doigts, je modèle ce que je ressens. Et, franchement, ça m'aide à tenir bon la rampe. Principalement à la maison.

C'est juste le visage de Boudin-Glu qui marche, si vous voulez, mais ça suffit. Pas besoin de corps. Boudin n'a pas un statut de personne. Il est une simple boule. Un transfert d'énergie. Une pâte de compensation qui exprime tout ce qui est choquant. Ou consternant. Ou trop cru pour les grandes personnes. Comme si elles reculaient généralement devant la vérité quand elle n'est pas assez cuite. Comme Geneviève par exemple (ma mère s'appelle Geneviève) devant un rosbif saignant, vous n'imaginez pas la grimace. A croire que la barbarie n'est pas souhaitable à regarder en face. Un reflet d'âme qui ne doit pas sortir de la bouche des enfants, sous peine que ça n'arrange pas les parents. D'où l'hypocrisie qu'il faut bien cultiver, parce que tout vous y accule.

Tenez. Prenez dimanche dernier, jour de mon anniversaire. Bon. Geneviève me passe la main dans les cheveux. Je supporte, bien que j'aie horreur de ça, et je lui souris. Elle me dit :

— Tu es heureux, David ?

— Oh ! voui, m'man. Vachement et tout.

Vous êtes obligés de répondre ça. Et d'avoir les joues roses de plaisir. *Obligés.* Parce qu'on vous a acheté un vélo, alors que ça fait déjà plus de six mois que vous roulez sur une mobe clandestine que vous avez volée devant une boulangerie. Et vous prenez l'air enjoué :

— Merci, maman ! Un dix vitesses, c'est drôlement au poil !

— Alors tu es vraiment content, pour une fois ?

— Houi. Vraiment, vraiment.

Même si vous avez envie de répondre que pouète-pouète et de leur ouvrir le ventre avec un couteau à l'endroit où ils font les enfants.

Alors moi, j'ai Boudin-Glu. Je préfère pour eux.

— N'empêche, a dit papa, que les Pimms ont certainement une part de responsabilité énorme dans le départ de Pamela. Et pas besoin de chercher pourquoi une fille de dix-sept ans fait une fugue.

— La drogue, a dit ma mère. Ou alors, tu peux être sûr, une histoire de derrière.

Ce qui est absolument faux dans le cas de Pamela Pimms. Archifaux et affligeant. Parce que Gros-Cul est exactement le genre de bourrin que vous laisseriez galoper devant vous sans lui proposer de partager la moindre plaque de Chocorêve. Vous n'auriez pas envie de sucer après elle. A cause des dents. Elle les a gigantesques. Et la peur de la morsure calmerait en vous n'importe quelle envie de voir si ce qu' « ils » disent est vrai au sujet du plaisir par la bouche, sur lequel je suis d'ailleurs sceptique.

Pour en revenir à Gros-Cul, elle n'a jamais attiré les types. Justement, je vous parie l'extraction d'une racine carrée à trois chiffres contre une simple plaque de Toblerone que sa cavale provient plus de son physique désavantageux qui lui fait souffrir le martyre que de l'excès contraire d'initiative sexuelle qu'elle appelle pourtant de tous ses meilleurs vœux, mais rien n'arrive.

Une fois, à la M.J.C., j'ai fait de l'ascenseur avec elle. C'était un trajet qui mène à la salle d'activités diverses. Tenez, c'était l'époque où j'étais encore trop petit pour atteindre le bouton rouge qui peut drôlement servir en cas d'urgence. Pamela m'a regardé entrer dans la cabine au travers de ses vieilles lunettes. Elle ne m'a pas lâché jusqu'au troisième. Pas un mot. Et c'est seulement passé cette hauteur qu'elle a appuyé sur le mot « arrêt ».

Une fichue préméditation, vous constaterez.

Au début, bon, on est restés entre nous pendant deux bonnes minutes. Nous pouvions parfaitement le faire, parce qu'il était l'heure du déjeuner, et qu'à cette heure-là, personne ne prenait l'ascenseur. Bon. Nous l'avons fait. Juste nous regarder. Et deux minutes, je répète, ça pèse extrêmement lourd dans l'intimité. Je dirais même que si ça n'a l'air de rien, ça vous permet de penser à des tas de trucs bigrement ténébreux et tout à fait inhabituels.

Pamela avait un walkman passé dans sa ceinture.

Un Philips relié par un fil rouge à un casque. De temps en temps, elle prenait les yeux vagues. Elle manipulait des boutons et elle prenait des yeux vagues. Après deux ou trois hochements de tête et les lèvres qui s'entrouvraient, elle se remettait à écouter la musique pour elle toute seule. Je ne savais même pas ce qu'elle écoutait. Mais ça la faisait bouger. Elle bougeait. Dieu, elle bougeait ! Ses satanées cuisses qui dansaient et ouvraient sa robe, mais je ne voulais pas regarder de ce côté-là. Elle avait des super-bottes violettes en plastoche.

L'air de la cabine s'était mis à puer lourd. On était oubliés. J'avais du plomb dans mes Adidas. Je m'entendais respirer comme quand on fait du sport. J'aurais voulu savoir quel bruit Gros-Cul avait dans la tête. Soudain, elle s'est mise à pouffer derrière sa main. Insupportable. J'avais jamais remarqué à quel point elle se rongeait les ongles.

« Oh ! » elle s'est mise à faire, comme si je la gênais le moins du monde avec mon insistance qui pourtant était ailleurs, « oh ! ne me dévisage pas comme ça, David, tu... »

Et elle n'a pas fini sa phrase. Mais je suis sûr que si elle avait dû le faire, elle n'aurait même pas su comment s'y prendre. Après, ses lèvres se sont mises à trembler et elle a avancé sa main vers mes jambes nues. Ça a été un moment particulièrement cruel. Cruel et singulier, parce que mon cœur s'est mis à battre plus fort sans que j'aie besoin d'y toucher. Je l'entendais. Les doigts de Pamela couraient sur ma peau et je me suis mis aussitôt à en vouloir à ma mère. Pourquoi, pourquoi avait-elle tant insisté pour que je garde ce short absurde ? Le bleu à fentes des vacances à Perros qui me faisait paraître encore plus jeune.

J'ai senti que j'étais une proie facile pour Gros-Cul. Alors j'ai reculé brusquement. Je me suis retrouvé contre la cloison de l'ascenseur et j'avais les yeux au ras d'un gros zizi dessiné au crayon feutre. Une exagération d'au moins trente centimètres, exécutée par Mohamed Bouzagran la semaine d'avant. Et je me suis engueulé d'avoir eu tort d'accepter de porter des culottes courtes par pur orgueil de bronzage imbécile qui durerait bien jusqu'en septembre.

Maintenant, bien fait pour moi si je déclenchais la passion. Du coup, sans savoir comment, je me suis mis à penser aux infirmières. Elles m'ont toujours paru être des femmes drôlement exposées aux tentations de la chair, principalement à force de déshabiller les garçons de six à douze ans les jours de vaccin. Et, à mon avis, pas étonnant si devant toutes ces fesses elles ne résistent aux gestes déplacés qu'en se défendant par des piqûres atroces.

Mais, pour en revenir à Pamela, elle s'était mise à mordre son mouchoir et à montrer ses dents. Elle avait poussé son walkman à fond. Elle a retiré son casque de sa tête. Elle a dit :

« Oh ! David... Oh ! David, mon chou... est-ce que tu n'aimes pas ça, les reggae, dis, les vrais ? »

Elle m'a collé sur les oreilles les écouteurs tiédis par elle. Je me suis immédiatement retrouvé sous les latitudes bananes et une hélice de chaleur s'est placée en travers de mon ventre, d'autant que Pamela venait de poser ses doigts sur mes cheveux, bien que je n'aime pas ça d'habitude avec ma mère. En même temps, Pamela montrait le blanc de ses yeux et remuait doucement ses hanches contre la paroi de la cabine. Elle avait gardé le foutu rythme au fond de sa tête. Moi, j'étais englouti sur place.

Gros-cul s'est approchée plus près encore. Je sentais sa sacrée chaleur. Et elle s'est mise à devenir une buée. Tout s'est d'ailleurs mis à devenir agréable autour de nous, exactement comme le jour où Monsieur Arthur Rubinstein a joué pour moi tout seul le concerto numéro 21 en do de Mozart au profit des Polonais, et où il a fallu me frapper sur les joues pour me faire redescendre dans le public de la salle Pleyel. Tellement toujours la musique m'emporte.

Mais là, c'était plutôt nos corps qui jouaient de la harpe avec mes nerfs et il a fallu que l'ascenceur se remette en marche pour que Pamela reprenne rapidement ses mains, son casque et son aspect à vous lever le cœur. Si bien que, lorsque la porte s'est ouverte au deuxième étage, je suis descendu tout de suite en passant sous les bras d'une grosse dame étonnée et j'ai filé sans demander mon reste.

Après, les jours ont passé et je ne repensais qu'à « ça ». Mais avec Gros-Cul, on ne s'est plus revus.

Cet été-là, les trottoirs étaient brûlants. Ils nous séparaient toujours. Je marchais au soleil, elle trottinait à l'ombre. Au début, je suis sûr que c'est parce qu'elle m'évitait. Après, j'ai compris que c'était parce qu'elle voulait garder sa chair blanche pour un type de son âge qui lui faisait du gringue. Un rouquin qui n'avait peur de rien et qui mettait toujours ses sales pattes sous la robe de Pam.

Un soir, je les ai vus. Ils étaient sur un banc. Pamela était renversée comme une bouteille. Elle tendait ses bras vers le ciel et elle avait l'air d'avoir mal. Le réverbère éclairait ses dents parce qu'elle avait la bouche ouverte. Le type appuyait sur sa poitrine. Pam avait perdu une chaussure mauve. Le garçon roux et elle étaient tellement occupés à souffrir ensemble qu'ils faisaient un bruit d'enfer. Elle s'était mise à se plaindre avec régularité. Deux trois secondes et elle se plaignait. Lui secouait la tête avant chaque élan qu'il prenait pour l'écraser. Il l'écrasait en fermant les yeux.

J'ai piqué la godasse et j'ai détalé. J'ai ramené l'escarpin par la bride dans ma chambre. Je l'ai installé en prison, sous mon lit, dans la cage de Mister Chips. Mister Chips était un hamster que j'aimais, jusqu'à ce que je l'étrangle le soir de l'ascenseur.

Tous les soirs de cet été-là, que croyez-vous qu'il arrivât ? Eh bien, nom d'un sacré million de cauchemars bleus, j'ai respiré l'odeur de la foutue godasse ! J'ai respiré son odeur et j'ai repensé à l'air suppliant que prenait Pam quand on appuyait sur elle.

Là-dessus, la rentrée scolaire est arrivée. Déjà, les feuilles tombées des platanes gardaient la pluie. Il fallait faire attention de ne pas glisser. Gros-Cul m'est sortie de la tête pour une histoire de géométrie plane. Elle est allée faire son cirque avec d'autres. Moi, je disais aux types de mon âge que plus tard je serais lesbien, que ça. Ou n'importe quoi d'avarié, mais sûrement pas homme marié, parce que rien n'est plus laid qu'une femme sur un banc.

Et puis, vers cette époque-là, j'ai cassé la devanture d'un magasin pour essayer d'être aimé, mais j'ai raté mon coup et mon père a simplement pris l'air consterné.

Reyna est arrivé pour trier mes instincts de mort. Boudin-Glu s'est mis à vivre au fond de ma poche. Les psychologues ont mesuré mon quotient intellectuel avec des tests et, en attendant qu'ils aient fini avec leur sondage de ma personnalité cachée, j'ai foutu le feu à une bagnole. Ce geste, du moins, a eu le mérite de désarçonner les grandes personnes pendant un certain temps. Et moi, histoire de faire comme tout le monde, j'ai attrapé dix ans la semaine dernière.

Ce matin, dans la rue, en pissant n'importe sur quoi — dans une boîte à lettres, je crois bien —

j'avais Pamela Pimms dans la tête. Elle me lancinait avec son image qui était revenue à cause de sa fugue. Je voyais ses saletés de lunettes et je repensais à ses cuisses si chair de poule. Maintenant que j'étais plus vieux, je pensais aussi au concours de ses fesses qu'elle prêtait sans cesse aux autres garçons et je devais admettre que ça m'était intolérable.

J'ai marché longtemps et je la cherchais sans le savoir. Autour de moi, la ville s'enroulait. Elle faisait ce qu'elle voulait. Je ne prêtais pas garde à ses manigances. A ses devantures. Il y avait du vent qui tournait le coin des tours, des immeubles. Il y avait des feux qui passaient au vert. Des voitures qui respiraient aux carrefours puis reprenaient leur élan en grondant.

Moi, j'étais ailleurs. Ailleurs. Parti au fond de moi, pour cause de Pamela extrême. A un moment, je me suis retrouvé devant le foyer pour les vieux. Brusquement, j'ai accommodé sur le menu. C'était marqué : « Pâtes au jus, île flottante, potage cultivateur. » J'avais faim. Mais j'étais sûr que je ne serais jamais vieux. Parce que, avec tout ce que j'avais dans la tête, je ne durerais jamais assez longtemps pour m'appuyer sur une canne. Reyna avait bien raison de trouver que j'étais comme une lampe survoltée. Nous ne durons pas.

Sans compter ce damné chromosome X dont tous les médecins s'accordent à faire grand cas. Mais pour revenir à ce matin-là, Boudin-Glu faisait la gueule au fond de ma poche pour cause d'inutilité. Et moi, pas envie de lui sculpter la tronche, ni rien. Un jour pourri.

Et puis j'ai vu passer King Domino.

Ce salaud s'appelle Armand Belgico, mais pour « ceux de Chicago », il passe pour King Domino. Sa dureté dans le quartier qui fait ça. Aussi son accoutrement excessivement cuir et ses cheveux avec une crinière peinte en noir et blanc qui sème la terreur jusqu'au tripode des immigrés.

King était allongé sur son cube. Suzuki 250. Et il a fait un arrêt spectaculaire en voyant Jo Banane sortir du Prisu avec un caddie plein à ras bord. Une rencontre entre ces deux-là m'intéressait bigrement. Alors, j'ai traversé la rue. Je les ai rejoints alors qu'ils en étaient encore à échanger des phrases d'une grande sobriété.

— Ça boume, Jo ?

— Ça. Et toi, King ?

— Ouais.

Rien de superflu, comme on voit.

Si bien qu'ils se sont détournés à peine quand je suis arrivé près d'eux. Un dans les dix ans ne compte pas pour des mecs comme eux. Il n'accapare même pas leur intérêt qui est ailleurs. Dope, mandrax et petites nanas. Ces types-là naviguent à des sommets.

Je les ai regardés avec une attention extrême.

King Domino qui est au courant de mon avance pour mon âge m'a ébouriffé la tête sans se détourner.

Il se concentrait d'avantage sur Jo Banane. L'air m'a d'ailleurs paru difficile à respirer entre eux. Ça sentait le rance et la guerre des nerfs. Surtout depuis que le King, monté crampe à bascule sur ses santiags, arrêtait pas de reluquer toutes les victuailles qui s'empilaient dans le caddie.

— Tu fais dans la conserve, Jo ? il a fini par dire.

— Ouais, a admis l'autre à contrecœur. C'est une période comme ça.

Le King s'est marré. Il a démasqué ses dents peintes. Une blanche, une noire. Vache d'effet, je vous jure. Quand ce type-là riait, vous aviez juste envie de rentrer chez vous et de bouquiner tranquille. Mais c'est comme ça, j'étais embarqué dans le bateau et bien décidé à regarder. King Domino continuait à se bidonner avec ses dents en mi bémol et le moindre mot qu'il allait prononcer prendrait sûrement une importance désespérante.

J'attendais.

King a pris une boîte de haricots verts dans le caddie.

— Rien que des extra-fins, il a admiré. Y a de quoi tenir un siège, il a ajouté en regardant Jo.

Banane a fait le gros dos sans répondre. Il a poussé son chariot plus loin. Jusqu'à sa citron personnalisée en vert pistache. Une vieille quinze à suspension Grégoire, et il a commencé à y enfourner la bouffe.

— Si t'es sur un coup, autant me le dire, a encore fait remarquer le King. Parce que je saurai... Dans tous les cas, je saurai!... Et va savoir comment je pourrais réagir?

Jo s'est retourné. Ses yeux noirs avaient changé.

— La jambe, mec! Arrête de me tambouriner, il a prévenu.

Et il a envisagé de se glisser derrière son volant. Le gant clouté de King s'est aussitôt posé sur son col de chemise. Brusquement, il a tordu tout le devant de Banane. Le mec entier a pris l'air fripé.

— Je suis pas un gars qu'on largue, il a dit, Domino.

Et un couteau a fait le beau au creux de son autre gant. Sa pointe touchait presque l'œil de Banane. Ses pupilles se sont mises à faire les cent pas dans ses yeux. Banane était pâle comme un sucre. Le temps passait. Je ne savais pas quoi faire de mes os. Dans ma poche, j'ai vaguement sculpté Boudin-Glu. Le temps durait la terre entière. J'ai même eu une colique sur place.

— Mon cran dans l'œil si tu parles pas, a prévenu King Domino.

Sa crinière tremblait de colère sur sa tête.

Soudain, Jo Banane a craqué :

— J'ai une nana dans mon apparte, il a fini par balancer.

Par satisfaction intérieure, les lèvres du King se sont instantanément retroussées sur ses dents de piano.

— Vas-y mec, continue et t'arrête plus, il a

recommandé. Alors? Cette gosseline? Comment qu'elle est?

— Laide à vomir, a sifflé Jo. Pas cotée à l'argus, j' te jure!

— Que digue! Balpeau! a dit le King.

Il a resserré davantage son étreinte.

— Parole, s'est étouffé Banane, à peine comestible!

— Alors pourquoi tu te l'enjambes?

Jo a fait un geste désespéré et King Domino lui a rendu un peu d'oxygène. C'était ma première scène de torture et je trouvais ça passionnant. Boudin-Glu souriait dans ma poche.

— Alors? a aboyé le grand King, si c'est une tartissure pareille, pourquoi que tu te l'es prise c'te nana?

— Chais pas, moi. Les frustrations de cette putain de vie, a dit Jo, définitivement maté.

Il a frotté son cou et s'est marré débile. Il a posé ses yeux rouges sur le King et a reniflé sa morve.

— Tu m'as tout fait sortir, il a constaté. C'te môme, il a ajouté, tu verrais, elle dérape pas mal question stupre. Une Angliche. Une folle. Du jamais vu.

Ma main a écrasé brusquement le nez de Monsieur Glu au fond de ma poche. J'ai agrandi sa bouche de surprise. Une Anglaise! Pamela!

— Tu la séquestres? a demandé le King.

— Au début, je l'ai forcée, a reconnu cette ordure de Jo Banane. Son rire débile l'a secoué de nouveau sur son siège. Maintenant, a-t-il ajouté, c'est elle qui rebondit. Elle est possédée. J' te jure qu'elle est folle du cul ! Deux jours qu'on fait que ça !

Monsieur Boudin-Glu s'est arrêté de rire. Ma main ne savait plus quoi sculpter. Ma tête douloureuse imaginait les cuisses blanches de Pamela. Mon cœur essayait de défoncer mes côtes. J'ai regardé le couteau de King Domino et j'ai nettement senti que si je l'avais eu entre les mains, j'aurais aimé frapper le ventre de Pamela là où elle allait immanquablement avoir des enfants.

— Allez, pousse-toi, Jo, a fini par dire le King en montrant les boîtes de conserve. Quand il y a à manger pour deux, il y en a sûrement assez pour trois.

Il a fait un geste pour que je monte derrière. Jo Banane m'a regardé aussitôt :

— Quoi, il a fait incrédule, t'emmènes aussi c'te moitié d'homme ?

King Domino a montré ses dents noires :

— Pourquoi pas, a-t-il demandé, il y a un âge pour apprendre. Et c'est de plus en plus tôt... Allez, monte, fiston, tu vas t'offrir le ciel.

Dans la voiture qui m'emmenait vers mon premier crime, j'ai sculpté le visage de Boudin-Glu. Je lui ai fait une gueule en lame de couteau.

Zorro parano

à Cricri, à Michel Audiard

« Impose ta chance, serre ton bonheur, et va vers on risque. A le regarder ILS s'habitueront. »

René CHAR

Je me le rappelle comme si c'était hier.

J'ai mis *Wednesday Night* et *Prayer Meeting* sur la chaîne et j'ai respiré fort. Charlie Mingus est entré dans la piaule avec son souffle court et sa barbiche. Dannie Richmond, Booker Ervin, Ted Curson et Eric Dolphy n'ont pas tardé à lui filer le train. Et l'Enfer, ils ont concentré toute la beauté du jazz autour de moi. J'ai poussé le son sur level 10, j'ai fermé les yeux, et Charlie a commencé à casser la croûte avec mes sens.

Dans sa foutue basse, il mettait comme d'habitude une gaieté de clown — un tant soit peu d'ironie désespérée, un sentiment de rage, de la désinvolture et de l'intolérance. Il y mettait aussi de la violence, plus qu'il n'y paraissait. Du charme, de l'intelligence, une obstination d'enfant, de la vulnérabilité, un peu de veulerie par moment, un fantastique entêtement de créateur, de l'amour, et, comparativement, un sacré brin de génie.

Quand ça a été fini, je me suis senti bon. Meilleur, je veux dire. Avec infiniment plus de talent qu'une demi-heure auparavant. Et prêt à conquérir le monde. J'ai regardé de mon côté, dans la glace, et j'ai vu un type petit, c'est vrai, et brun, mais tout à fait exceptionnel et injustement méconnu. Je me suis traîné jusqu'à mon Underwood et moins d'une heure plus tard, j'avais fini de taper la dernière scène du scénario génial que je destinais à Monsieur Silbersalzkind.

Monsieur Silbersalzkind est un producteur de cinéma dont vous devriez avoir entendu parler. Il dit que nous lui devons *Fulgurence* et aussi *Shooting-day,* un sacré film où Jacqueline Bisset marchait sous la pluie en parlant de son envie de faire l'amour à Jack Nicholson qui venait d'écoper de deux balles dans le buffet. Il a aussi produit *Cougar-boy,* d'après ce qu'il dit, et deux ou trois succès dont un avec ce fondu de De Niro, mais je ne me souviens plus du titre.

Monsieur Silbersalzkind a les cheveux blancs, un accent passablement viennois et il est capable de notes de téléphone tout à fait considérables.

A L'Elysée Palace Hôtel où je travaille et où il réside depuis peu, il jouit de la considération générale. Celle que la direction réserve à ses meilleurs clients parce qu'ils sont célèbres et dépensiers. Pour son petit déjeuner, Monsieur Silbersalzkind consomme un œuf mollet, des quaker oats, une coupe de fruits rafraîchis et un double café. Toujours double, le café, et, après avoir avalé deux ou trois cachets, il allume le premier Roméo et Juliette de la journée avant d'appeler Londres et Los Angeles.

Un jour, juste après avoir déposé le plateau du petit déjeuner sur la table roulante, je me suis permis de lui dire mon sentiment sur Jessica Lange. J'ai ouvert les doubles rideaux. J'ai disposé l'œuf à gauche de la marmelade, juste comme il souhaite que ce soit, et après, avec un bel aplomb je crois, j'ai remis ça au sujet de Jessica. J'ai dit vraiment ce que je pensais de sa manière d'ouvrir les cuisses en s'asseyant et qu'elle était mon type de femme pour des raisons que je lui ai expliquées avec beaucoup de conviction ce jour-là.

La véhémence de mes propos et mon penchant obsessionnel pour le sexe ont semblé retenir l'attention d'Alexander Silbersalzkind. Il a bouffé ses cachets en silence. Une fois son barreau de chaise allumé, il m'a demandé sérieusement de vouloir bien m'asseoir en face de lui. Je l'ai fait parce que j'avais fini mon service. Et aussi parce que j'avais ma petite idée derrière la tête.

— Comment vous appelez-vous, mon garçon? a demandé Monsieur Silbersalzkind en décrochant le combiné téléphonique.

Et, pendant que je le renseignais sur ce détail d'état civil, il a composé un numéro à l'étranger.

— Singulier, mon petit Bob, a-t-il murmuré tandis que la machine recherchait son correspondant de l'autre côté de l'Atlantique, singulier, comme votre langage m'est sympathique. Vous êtes quelqu'un qui aime bigrement le cinéma, n'est-ce pas ?

Je lui ai expliqué sans détour comment je ne vivais que pour lui et là-dessus, Monsieur Silbersalzkind s'est montré tout à fait frustrant en me tournant brusquement le dos. Il a dit en anglais viennois : « Hello, Harry ! » avec un ton vraiment cordial, et il a insisté pour savoir quel temps il faisait en Floride. Visiblement, il s'en fichait pas mal dans son pyjama de soie. En fait, il concentrait toute son attention sur la lime à ongles avec laquelle il polissait le médius de sa main gauche. L'écouteur coincé entre son oreille et son épaule, il attendait que ce soit son tour de parler. Quand ça l'a été, il a demandé des nouvelles des enfants de Linda, la seconde femme de Harry et aussi comment ça marchait avec cette nouvelle piscine en eau de mer. Il a écouté la réponse. Et seulement alors, avec une patience indestructible, il a demandé si les traites étaient négociées, parce que l'argent l'étranglait vraiment en ce moment, et que ces salauds de la Fox ne voulaient signer que si Al Pacino faisait le film. Il s'est frotté le crâne pendant toute la réponse. Il a fini par dire que mais, Harry, il ne demandait que cela, seulement Pacino était une tête de lard et le script un non-sens, d'après lui.

Harry, du fond de sa piscine bleue, a sans doute trouvé des mots humiliants pour qualifier le talent de l'auteur et il a dû les assortir d'un jugement encore plus cuisant pour le flair de Monsieur Silbersalzkind es mots ! Il était le plus fort ! Cojones ! » Et j'ai é : « Cojones ! »

bout d'un moment de vacuité, j'ai rangé tout ce i sexuel qui était inutile devant la glace et j'ai rt le tiroir de la table. J'ai attrapé mon revolver rme. C'est une assez bonne réplique du Colt a. J'ai basculé le barillet où j'ai glissé une uche à blanc. J'ai fait tourner la chambre et j'ai mé l'arme. Je me suis mis devant la table, face à ace et j'ai vu un petit type brun avec un revolver yé sur la tempe qui se prenait pour De Niro *Voyage au bout de l'enfer.* J'ai appuyé sur la nte. Le percuteur s'est dressé. Le barillet a né. Si ça avait été une vraie balle, je ne serais pas t cet après-midi-là.

n vérité, je me sentais tout à fait immortel. llais-je pas devenir un scénariste de renommée rnationale ? Pour me hisser jusqu'au bonheur olu, il ne me restait plus qu'à trouver une npagne. Une femme digne de mes performances uelles. Bien sûr, elles restaient à prouver. En avoir pas était une question totalement obsédante dans n cas. D'autant que la réponse est primordiale ur assurer l'écrivain qu'il est en possession d'une er-puissance. Hemingway lui-même ne se défen-t pas qu'à l'espadon ou au scotch-whisky. Hadley, uline, Martha, Mary, quatre fois marié, le chas-r ! Cojones ! Il me restait à être un grand baiseur !

Pour me grandir un peu, j'ai ouvert une bouteille kirsch fantaisie avec les dents et j'en ai sifflé la

dans cette affaire, car ce dernier a raccroché sèchement. Son cigare s'était éteint. Il a dit que tous des « schpounss » sur la côté ouest et m'a demandé si mon métier me donnait des satisfactions.

Je lui ai laissé entendre, qu'avec tout le talent que je cachais, serveur de petits déjeuners au lit n'était qu'un pis-aller. Un tremplin pour des jours meilleurs. Mais que c'était le genre de job où vous débutiez votre journée à cinq heures le matin, si bien que vous étiez libre en fin de matinée. Le genre d'horaire qui m'arrangeait bien, étant donné la diversité de mes centres d'intérêt.

— Centres d'intérêt, hein ? a répété machinalement Monsieur Silbersalzkind en consultant des bordereaux couverts de chiffres.

Il a refermé le dossier, consulté *Le Film français* et, après, nous avons téléphoné aux agents de Dustin Hoffman, en Amérique. Nous avons appris que ce nabot de Dustin prenait une fortune pour la moindre participation dans un film européen et pour la première fois, j'ai vu Alexander Silbersalzkind affichant une expression abattue.

— L'argent va à l'argent, a-t-il murmuré.

Il a brusquement tiré sur son cigare avant de relever rêveusement la tête. Il a retrouvé le sourire seulement en me dévisageant. Il a passé sa main ridée sur mes cheveux. Une tendresse qui me mettait mal à l'aise et faisait battre mon cœur. J'ai dit d'une traite :

— Je vous ai apporté un script, monsieur. C'est

moi qui l'ai écrit. Je vous préviens que c'est beau comme *Les Neiges du Kilimandjaro.*

— Ah ! Parce que vous appréciez ce charlatan de Hemingway ? s'est exclamé Monsieur Silbersalzkind.

Il a retiré sa main comme si je l'avais ébouillantée.

— « Papa » ! a-t-il ajouté avec mépris. Vieux marcheur ! Je l'ai bien connu figurez-vous ! C'était à Venise, en 1948. Un soir, nous avons vidé quelques daikiris au bar du Griti et une semaine plus tard, je l'ai revu à Torcello. Il se pavanait au bras d'une jeunesse de dix-neuf ans. Elle s'appelait Adriana. Un visage d'une pureté séraphique ! Et le vieux renard incestueux avait taillé sa barbe. Il faisait à la gosse le coup de « la mort qui frappe en pleine vie... » ! C'était un peu rudimentaire, comme approche, mais vraiment très efficace, a conclu Monsieur Silbersalzkind en empoignant à nouveau son téléphone.

J'ai rassemblé les couverts sur le plateau, j'ai essuyé la table et j'ai demandé :

— Alors, pour le scénario, monsieur, ça ne vous intéresse pas, n'est-ce pas ?

Monsieur Silbersalzkind était déjà en ligne avec New York. Il a coiffé un instant le micro du téléphone avec sa main. Il a dit brièvement :

— Si, si, mon petit. Laissez-moi ça sur la table. Je le lirai à la première occasion.

Et il m'a tapé de cinquante sacs, parce qu'il n'avait pas eu le temps de passer à la banque.

ZORRO PARA

Je suis rentré chez moi com
avait beau être midi, j'ai baissé
ma porte à clé. J'ai crié plusieu
forces. C'était pour faire sortir
exultait de connaître et d'approc
puissant et utile qu'Alexander
homme qui avait côtoyé tous les
Et j'ai pensé avec sympathie à t
plume qui avaient écrit pour Hol
dés et Monsieur Faulkner, Ra
Thompson, Burnett et Ben Hech
Wald et autres Richard Macaula
J'ai installé Benny Goodman et
chaîne. J'ai ciré mes chaussures n
ou trois uddhyana bandha en m
l'idée de réussite. J'ai mangé de
pensé que bientôt je demande
avance à la Warner Bros. Assuré
comme Monsieur Alexander Silbe
vait pas passer à côté d'un script c
lui avais remis. J'ai tapé les trois
que je connaissais par cœur et c
beau que *Les Neiges du Kilimandjar*
fléchette dans l'œil de Hemingw
avec son fusil Springfied lors d'un
J'ai ouvert au hasard un livre o
Chicago, vers 1935, il n'y avait que t
sortir de la misère : le gangstérism
musique. J'ai sorti ma queue de mo
dit pour qui voulait l'entendre : « H

dans cette affaire, car ce dernier a raccroché sèchement. Son cigare s'était éteint. Il a dit que tous des « schpounss » sur la côté ouest et m'a demandé si mon métier me donnait des satisfactions.

Je lui ai laissé entendre, qu'avec tout le talent que je cachais, serveur de petits déjeuners au lit n'était qu'un pis-aller. Un tremplin pour des jours meilleurs. Mais que c'était le genre de job où vous débutiez votre journée à cinq heures le matin, si bien que vous étiez libre en fin de matinée. Le genre d'horaire qui m'arrangeait bien, étant donné la diversité de mes centres d'intérêt.

— Centres d'intérêt, hein ? a répété machinalement Monsieur Silbersalzkind en consultant des bordereaux couverts de chiffres.

Il a refermé le dossier, consulté *Le Film français* et, après, nous avons téléphoné aux agents de Dustin Hoffman, en Amérique. Nous avons appris que ce nabot de Dustin prenait une fortune pour la moindre participation dans un film européen et pour la première fois, j'ai vu Alexander Silbersalzkind affichant une expression abattue.

— L'argent va à l'argent, a-t-il murmuré.

Il a brusquement tiré sur son cigare avant de relever rêveusement la tête. Il a retrouvé le sourire seulement en me dévisageant. Il a passé sa main ridée sur mes cheveux. Une tendresse qui me mettait mal à l'aise et faisait battre mon cœur. J'ai dit d'une traite :

— Je vous ai apporté un script, monsieur. C'est

moi qui l'ai écrit. Je vous préviens que c'est beau comme *Les Neiges du Kilimandjaro.*

— Ah ! Parce que vous appréciez ce charlatan de Hemingway ? s'est exclamé Monsieur Silbersalzkind.

Il a retiré sa main comme si je l'avais ébouillantée.

— « Papa » ! a-t-il ajouté avec mépris. Vieux marcheur ! Je l'ai bien connu figurez-vous ! C'était à Venise, en 1948. Un soir, nous avons vidé quelques daikiris au bar du Griti et une semaine plus tard, je l'ai revu à Torcello. Il se pavanait au bras d'une jeunesse de dix-neuf ans. Elle s'appelait Adriana. Un visage d'une pureté séraphique ! Et le vieux renard incestueux avait taillé sa barbe. Il faisait à la gosse le coup de « la mort qui frappe en pleine vie... » ! C'était un peu rudimentaire, comme approche, mais vraiment très efficace, a conclu Monsieur Silbersalzkind en empoignant à nouveau son téléphone.

J'ai rassemblé les couverts sur le plateau, j'ai essuyé la table et j'ai demandé :

— Alors, pour le scénario, monsieur, ça ne vous intéresse pas, n'est-ce pas ?

Monsieur Silbersalzkind était déjà en ligne avec New York. Il a coiffé un instant le micro du téléphone avec sa main. Il a dit brièvement :

— Si, si, mon petit. Laissez-moi ça sur la table. Je le lirai à la première occasion.

Et il m'a tapé de cinquante sacs, parce qu'il n'avait pas eu le temps de passer à la banque.

Je suis rentré chez moi comme dans un rêve. Il avait beau être midi, j'ai baissé les stores. J'ai fermé ma porte à clé. J'ai crié plusieurs fois de toutes mes forces. C'était pour faire sortir mon trop-plein qui exultait de connaître et d'approcher un homme aussi puissant et utile qu'Alexander Silbersalzkind. Un homme qui avait côtoyé tous les grands de ce monde. Et j'ai pensé avec sympathie à tous les forçats de la plume qui avaient écrit pour Hollywood : Al Bezzeridés et Monsieur Faulkner, Ray Chandler et Jim Thompson, Burnett et Ben Hecht et même les Jerry Wald et autres Richard Macaulay.

J'ai installé Benny Goodman et sa clarinette sur la chaîne. J'ai ciré mes chaussures noires. J'ai fait deux ou trois uddhyana bandha en me concentrant sur l'idée de réussite. J'ai mangé deux sardines et j'ai pensé que bientôt je demanderais ma première avance à la Warner Bros. Assurément, un homme comme Monsieur Alexander Silbersalzkind ne pouvait pas passer à côté d'un script comme celui que je lui avais remis. J'ai tapé les trois premières phrases que je connaissais par cœur et c'était encore plus beau que *Les Neiges du Kilimandjaro.* J'ai envoyé une fléchette dans l'œil de Hemingway photographié avec son fusil Springfied lors d'un safari au Kenya. J'ai ouvert au hasard un livre où on disait qu'à Chicago, vers 1935, il n'y avait que trois moyens pour sortir de la misère : le gangstérisme, le sport et la musique. J'ai sorti ma queue de mon pantalon et j'ai dit pour qui voulait l'entendre : « Hemingway bandait les mots ! Il était le plus fort ! Cojones ! » Et j'ai répété : « Cojones ! »

Au bout d'un moment de vacuité, j'ai rangé tout ce fourbi sexuel qui était inutile devant la glace et j'ai ouvert le tiroir de la table. J'ai attrapé mon revolver d'alarme. C'est une assez bonne réplique du Colt Cobra. J'ai basculé le barillet où j'ai glissé une cartouche à blanc. J'ai fait tourner la chambre et j'ai refermé l'arme. Je me suis mis devant la table, face à la glace et j'ai vu un petit type brun avec un revolver appuyé sur la tempe qui se prenait pour De Niro dans *Voyage au bout de l'enfer.* J'ai appuyé sur la détente. Le percuteur s'est dressé. Le barillet a tourné. Si ça avait été une vraie balle, je ne serais pas mort cet après-midi-là.

En vérité, je me sentais tout à fait immortel. N'allais-je pas devenir un scénariste de renommée internationale ? Pour me hisser jusqu'au bonheur absolu, il ne me restait plus qu'à trouver une compagne. Une femme digne de mes performances sexuelles. Bien sûr, elles restaient à prouver. En avoir ou pas était une question totalement obsédante dans mon cas. D'autant que la réponse est primordiale pour assurer l'écrivain qu'il est en possession d'une super-puissance. Hemingway lui-même ne se défendait pas qu'à l'espadon ou au scotch-whisky. Hadley, Pauline, Martha, Mary, quatre fois marié, le chasseur ! Cojones ! Il me restait à être un grand baiseur !

Pour me grandir un peu, j'ai ouvert une bouteille de kirsch fantaisie avec les dents et j'en ai sifflé la moitié. Dans mon cerveau, il s'est mis à faire aussi tropical qu'à Key West un soir de typhon. J'ai passé un tee-shirt propre. J'ai glissé mon pétard dans ma poche. J'ai masqué ma vraie personnalité derrière des lunettes de soleil et je suis allé au cinéma.

Les salopes ! A quinze heures, sur les boulevards, c'est là qu'elles étaient toutes.

Une fois dans le grand Rex, guidé par les étoiles, j'ai pas vraiment choisi mais j'ai pris la plus proche. C'était une grande femme avec la bouche ouverte. Elle avait le cou tendu vers la musique et, de profil comme elle était, je voyais, dans la pénombre, danser les acteurs au travers du cristallin bombé de ses yeux. Elle avait ses deux mains posées sur un sac à main tout en hauteur et la première fois qu'elle sentit mon coude contre le sien, elle se contenta d'un repli machinal. Mon insistance sans équivoque la fit changer de fesse. Sur l'écran, Charles Bronson commençait à enlever sa chemise. J'ai profité de ses pectoraux qui nous avantagent pour insinuer mon coude sous son bras. Par reptations prudentes, je l'ai fait voyager jusqu'au ventre de la dame. Là, irradié de chaleur moite, soulevé régulièrement par des abdominaux sanglés au gym-tonic, mon cubitus me transmettait des vibrations bouleversantes. Ma main soudain a échappé à mon contrôle. Comme un gavial lubrique, elle s'est jetée vers le fond humide de ce marécage en crêpe de Chine.

Aussitôt, ma voisine a refermé la bouche. Elle a dégluti. Elle a attendu comme pour se faire une idée plus juste de la nature des choses. Puis, d'une main écœurée, entre le pouce et l'index elle a ressorti mon poignet de dessous elle. Un peu comme si elle l'avait trouvé par hasard.

— Et si je vous faisais la même chose ? dit-elle sans me regarder.

— Allez-y, l'assurai-je, je suis là pour ça.

— Pas moi, dit-elle en se tournant enfin vers moi. Reposez-vous. Je veux regarder le film.

Elle avait une haleine pestilentielle. Et ce fut tout pour ce jour-là.

La vie, suite et pointillé de traces éblouissantes, passait vite en la compagnie de Monsieur Silbersalzkind.

Je m'asseyais de plus en plus souvent en face de lui. Il travaillait beaucoup. Il se donnait en ce moment un mal considérable pour joindre un producteur italien qui, normalement, devait se trouver à Paris la semaine suivante. Un type assez mariolle dans son genre et qui serait, en tout état de cause, le meilleur atout pour convaincre les Américains de la garantie de bonne fin du film qu'il voulait entreprendre.

Monsieur Silbersalzkind téléphonait aussi beaucoup au sujet d'agios qui couraient. Ces histoires d'intérêts le rendaient proprement dingue. Il en bavait, c'était notoire. Preuve, il me semblait qu'il fumait moins ces temps-ci. Et le train de vie diminuait à mesure. Cette tendance générale à la dèche était visible : il portait deux fois de suite ses chemises blanches. Des chemises italiennes réservées d'ordinaire aux rares incursions qu'il faisait précipitamment jusqu'au Fouquet's d'où il revenait pâle, les traits tirés vers le bas, avec des traces d'écume aux commissures des lèvres. Je lui ai prêté encore de l'argent en deux ou trois circonstances analogues à la première. Et une fois, une plus grosse somme.

De temps en temps, je me permettais de lui demander des nouvelles de mon scénario et, chaque fois qu'il m'en donnait, il me tapait de cinquante sacs. Mais, après tout, ce qui comptait le plus, c'était la coloration de plus en plus amicale que prenaient mes relations avec Monsieur Silbersalzkind. Il ne pouvait plus guère se passer de moi. A cause de mes conseils, indubitablement, et peut-être aussi à cause de mon argent. Il ne pouvait pas me le rendre en ce moment. C'était pour une histoire technique et idiote de dollars coincés à la frontière suisse et de créanciers qui se faisaient tirer l'oreille pour payer leurs dettes.

Bref, nous avons fini par téléphoner de plus en plus rarement à l'étranger parce que l'hôtel avait présenté plusieurs fois sa note et que nous étions incapables de la régler.

Jusqu'à un mercredi, je me souviens, où le visage de Monsieur Silbersalzkind s'est éclairé. En me voyant avec le plateau du petit déjeuner, il a dit :

— Bob, mon cher fils, assieds-toi ! J'ai de bonnes nouvelles de la côte ouest ! Mon ami Zoltan Dozier a donné à lire ton script à ses associés... Les avis sont unanimes et ils renforcent mon opinion... L'histoire que tu racontes est une grande histoire... grande ! Ce sera un grand film !

J'étais abasourdi. Je bredouillai :

— Mais alors, vous aviez lu mon texte, Monsieur Silbersalzkind ?... Et vous l'aimiez ?... Et vous n'en disiez rien ?... Exprès ?

— Ach, schpounss ! dit Monsieur Silbersalzkind, en balayant mon sentimentalisme d'un revers de la main. Naturellement, je l'avais lu... naturellement !

Quand Monsieur Silbersalzkind se rendit mieux compte de mon intense émotion, il secoua sa crinière blanche.

— Ach ! tu pleures, petit écrivain français ! s'exclama-t-il. Tu sais, il ne faut pas ! Il ne faut jamais. Le cinéma, les circonstances, ne méritent pas. Je me rappelle d'Arthur Rubinstein qui disait à quatre-vingt-douze ans : « La vie est si formidable, qu'on n'a pas besoin d'être malheureux de rien... » Et il avait mille fois raison ! Et si on aime vraiment quelque chose, même une terrible maladie comme le cinéma par exemple, tout peut arriver. Magique ! Il y a même des cas extrêmes où les gens se pendent avec délices. J'en suis l'exemple mort plusieurs fois...

En attendant, il renaissait.

Il gambadait sur ses jambes courtes. Il se mit à chercher un cigare dans un coffret avec humidificateur mais n'en trouva pas. Nous avions fumé le dernier l'avant-veille.

Il s'arrêta, les mains derrière le dos.

— Assez pissé, dit-il. Ce n'est pas assez d'avoir reçu ce télex, encore faut-il aller voir ces Américains et traiter avec eux.

Il se tourna vers moi avec une infinie tristesse.

— L'argent est là, à notre portée, dit-il, et je n'ai pas le moindre sou pour entreprendre le voyage !

Cette amère constatation le força à s'asseoir. Il se prit la tête entre les mains.

— Combien faudrait-il, demandai-je au bout d'un intolérable silence.

— Trois mille dollars, je suppose, murmura-t-il. Le prix des billets et de quoi tenir une semaine au Beverly Wilshire Hotel.

— Je n'ai plus d'argent à la banque, avouai-je.

— Qui te parle d'argent ! ? protesta-t-il. Tout est fini !

— Si près du but, dit ma voix — étranglée, vous l'auriez à peine reconnue.

— Quel désastre ! échota le vieux producteur. Il manquait d'air pour respirer.

Dans *Asphalt Jungle,* un film que j'ai aimé dix-huit fois dans une salle obscure, un personnage nommé Emmerich dit que « le crime n'est après tout qu'une forme dégénérée de l'ambition ». C'est pour cette raison même que je me suis retrouvé avec un masque de Mickey Mouse sur la tronche. Puisque mon destin dépendait du dieu Fric, j'avais décidé de m'en procurer par n'importe quel moyen.

A la dernière séance du soir, j'ai braqué la caissière du Paramount-Opéra, boulevard des Capucines. Elle ressemblait à Amarante. Elle avait une serviette nid-d'abeilles posée sur les genoux et elle mangeait une tartine de miel d'acacia. J'ai frappé au carreau. Elle a levé les yeux. Elle a suçoté son doigt. Elle a parlé la bouche pleine. Elle a dit :

— Bonjour Mickey. Qu'est-ce que je peux faire pour toi ?

Je lui ai montré mon revolver d'alarme.

Elle a fait la grimace. Elle a dit :

— Je vous comprends pas, vous les jeunes, vous lisez donc jamais les journaux ?

Elle a lu l'étonnement au fond de mes prunelles.

— Ben oui, t'aurais mieux fait de choisir un film de Belmondo. Ils bourrent à longueur de journée.

Cette fille avait raison. Dérouté par sa logique, j'ai quand même pointé l'arme en direction de la recette.

— Combien aujourd'hui ?

Elle a ouvert son tiroir-caisse. Elle a attrapé sans enthousiasme quelques poignées de biffetons.

— Peuh, ça va chercher dans les deux briques.

— Donne toujours...

— Comme tu voudras, enfant joli, c'est pas mon fric.

Elle a envoyé la monnaie et elle a dit :

— Sois gentil, Mickey-le-Dingue, casse quelque chose, que ça fasse vrai. Je voudrais avoir ma photo dans le journal.

Elle a ouvert la porte de sa cabine de verre pour que je puisse rentrer.

Je lui ai fait plaisir en lui arrachant son corsage. J'ai saccagé sa permanente. Je lui ai donné une claque sur les fesses. Elle se tenait les seins en se marrant. Elle arrêtait pas de dire qu'elle avait les doigts qui collaient à cause du miel. Elle a demandé si on se reverrait. C'était le genre de fille au moral indémaillable. Elle me fatiguait à vue d'œil. Au train où elle allait, elle gagnait sur moi. Je sentais que j'allais craquer. J'ai commencé à lui filer des beignes dans les yeux. Elle a crié. Je me suis arrêté parce qu'il y avait un type qui venait d'entrer dans le hall. Je me suis replié en lui braquant le cobra sous les narines. Il a levé les bras et il a commencé à faire non avec la tête. Une trouille épaisse. Moi, j'ai repensé brusquement qu'il n'y avait toujours qu'une seule balle à blanc dans le barillet. Allez savoir où elle était.

J'ai dit :

— J' te crève ! Comme au cinoche.

Et le gars m'a tendu sa montre.

— C'est une Oméga, il a dit pour donner du prix à son geste.

Il avait l'air de mouiller. Comme un bébé. Preuve, une auréole d'infamie grandissait le long de sa jambe de pantalon.

J'ai appuyé sur la gâchette. Pour voir. Le percuteur s'est soulevé. Le barillet a tourné. Une chance sur six. Et le coup est parti, avec une flamme orange. Si ça avait été une vraie balle, ce con aurait eu la tête emportée. Y a des mecs comme ça qu'ont pas de chance.

Je lui ai brûlé le front au deuxième degré.

Après un sprint de deux cents mètres, je me suis engouffré dans le métro. Une fois sous terre, la vie est redevenue ordinaire. Dans les couloirs, les gens avaient l'air normalement fatigués. Ils étaient normalement abrutis, je veux dire. A tous les étages. Fripés aux correspondances, voyez. Un peu gris, un peu rayés dans les costumes. Moyen-ternes et prêts à toutes les bassesses pour rentrer chez eux. Vous les auriez fait passer exactement où vous vouliez. Par un tourniquet automatique, par un couloir fléché ou par un chaton d'aiguille. Ils étaient assez mous pour ça.

J'ai balancé mon Mickey sous la rame qui entrait dans la station et je suis monté en première classe. En face de moi, sous le signal d'alarme, il y avait un mec normalement speedé. Il a sniffé sa ligne en me regardant et s'est laissé aller aux confidences. Il m'a tourné le dos et il a écrit en s'appliquant : « Un flic mort est un bon flic. » Il a signé Baignol et Farjon et il est descendu à la suivante.

Tout le reste du parcours, j'ai voyagé debout. Métro faisant, je me suis dit qu'un type sain ne devrait jamais commencer à jeter un regard froid sur les faits ordinaires. Parce que leur accumulation nous donne trop de recul et que ça n'en finit pas de raviver notre eczéma de contrariété.

Il était minuit et j'ai fermé les yeux. Quand je les ai rouverts, j'ai vu mon reflet dans la vitre. Toujours un petit brun insignifiant qui pouvait se permettre pas mal de conneries sans qu'on le remarque. Je me suis fait un clin d'œil pour m'encourager et quand j'ai sombré dans un bruit de chasse d'eau, c'est parce qu'on venait d'arriver à Georges-Vé.

Je suis descendu sous les fluos qui grésillaient. Je me suis arrêté devant un distributeur automatique de confiseries. C'était marqué : Blanc Mental, Suc des Vosges, cacahuètes Split et Hollywood chewing-gum. J'ai choisi 4, Hollywood chewing-gum, et j'ai appuyé fort.

Je suis ressorti à l'air froid de la nuit. La ville poursuivait sa rumeur indifférente. Les bagnoles roulaient en cortège, s'arrêtaient aux carrefours et repartaient vers nulle part. J'avançais en mâchant, scié par le vent aigre et je me sentais vachement patibulaire.

Monsieur Cordoba, l'homme aux clés d'or de l'Elysée Palace était endormi derrière le desk. C'était un vieil Espagnol de l'armée en déroute pour qui le cadavre de Franco bougeait toujours. J'ai contourné doucement son crâne chauve où la peau ondulait par vagues successives. Et, tandis que le vieux tendait dans son sommeil une main implorante vers Guernica en flammes, j'ai déposé l'enveloppe contenant les deux millions dans le casier de Monsieur Silbersalzkind. Elle était libellée à son nom et de manière anonyme. Je n'avais pas envie qu'il connaisse la provenance de cet argent obtenu par vol à main armée. Il le trouverait demain matin et je jouerais les étonnés.

Pour cause de fatigue extrême, je suis rentré chez moi par taxi maraudeur. Face à la glace, je me suis déshabillé. J'ai à peine pensé à la gloire qui m'attendait dès que Monsieur Silbersalzkind aurait mis pied en Amérique et je me suis endormi sans même un geste d'affection pour moi-même.

A croire que les grandes émotions sont des sexticides puissants.

Je ne suis pas près d'oublier le 24 mars. Il tombait une pluie fine sur Paris et il me restait à peine cent francs en poche. Toutefois, ce matin-là, sûr et dominateur, je m'avançais dans le couloir du sixième étage. Mon cœur déroutait en approchant du 607.

J'avais veillé avec une attention toute particulière à la bonne ordonnance du petit déjeuner sur le plateau. Je jure que l'œuf mollet de Monsieur Silbersalzkind était bien à gauche de la marmelade, que le café double était arabica et que les quaker oats étaient authentiquement Kellog's.

J'étais si sûr de trouver mon vieil ami occupé à câbler son arrivée imminente à Los Angeles que je ne prêtai même pas garde à l'attroupement affairé qui encombrait l'accès à la chambre. Sur mon passage, dans un bruit de succion arraché au tapis, tout un peuple de femmes de chambre, de lingères, de garçons d'étage, de bagagistes et de liftiers, luttait contre une humidité spongieuse qui, à mesure qu'on progressait vers le 607, devenait mouillure puis clapotis.

Cette catastrophe, surnaturelle pour un hôtel trois étoiles, prenait des proportions d'inondation inacceptables et pour tout avouer de cataracte nationale dès qu'on approchait de la salle de bains de Monsieur Silbersalzkind.

Là, dégobillante comme les chutes du Zambèze, une baignoire à dorures versaillaises crachait par ses deux robinets à chimères un bouillonnant afflux d'eau. Ouverte à tout va, la douche faisait un bruit d'averse tropicale. Froide d'un côté et bouillante de l'autre, elle mêlait en vapeur ce qu'elle mitigeait en glacial. Les genoux dans l'eau, tranquille comme du riz, le détective de l'hôtel souriait à l'adversité. A côté de lui, perplexe dans son frac, luttant contre les crampes, le sous-directeur organisait les premiers secours.

Esquivant les chambrières, mon plateau tenu à bout de bras, je m'avançai jusqu'au centre de la pièce.

— Que se passe-t-il ? bredouillai-je.

— Il se passe, dit le sous-directeur, que le 607 a déménagé à la cloche de bois.

— A la cloche de bois ?... Monsieur Silbersalzkind ?... murmurai-je en proie à un désespoir sincère.

— Et comment ! Un bel escroc, votre métèque ! Il a filé à l'anglaise, en pleine nuit ! Il a descendu ses bagages par le service, oublié de payer sa note et ouvert les robinets de tout l'étage pour faire diversion !...

J'étais atterré.

— Eh bien ! Ne restez pas tous plantés là ! Faites quelque chose ! hurla le sous-directeur. Vite ! La main dessus ! Des seaux ! Des serpillières ! Qu'on écope ! Qu'on rapproprie !

Chacun, sauf moi, clapota dans son sens. Le ressac fit couler à pic plusieurs tiroirs Louis XV qui dérivaient au large de la télé. Le téléphone se mit à sonner frileusement. L'homme en frac souleva le combiné. Comme s'il s'agissait de nouvelles du front, il annonça lugubrement :

— Un morceau de plafond vient de se détacher au cinquième. Il est tombé sur le cheikh Kahalifa Hassad Al Qatar. Il rachète l'hôtel pour vous flanquer tous à la porte.

Puis, tapant dans ses mains pour restaurer son autorité qui rouillait à vue d'œil, il glapit en me regardant :

— Et vous ? Qu'est-ce que vous faites là ? Rendez-vous utile ! Allez fermer les robinets, au moins !

Je lui confiai mon plateau qu'il accepta sans réfléchir. Je m'avançai à contre-courant jusqu'à la salle de bains. J'y trouvai une femme de chambre africaine qui m'y avait précédé.

Ses jupes retroussées sur des cuisses sculpturales, une jambe tendue vers l'arrière, elle était penchée pour atteindre les mélangeurs. Ce geste en extension faisait gracieusement rebondir sa croupe poulinière.

Je m'arrêtai.

L'eau de la douche, les vapeurs ajoutaient à l'érotisme flagrant de sa personne. Son corsage mouillé drapait sa peau d'un calque en pou-de-soie. Sortant d'un transistor en folie, la voix de Fanta Damba, chanteuse Bambara, aggravait le vertige.

L'ensemble était d'une beauté sauvage.

Je restai coi. Elle se retourna. Ses mamelles mises en transparence me regardaient de leurs grands yeux exorbités. Elle éclata d'un rire carnassier. Je me sentais tout en viande.

— Ben quoi, p'tit blanc, s'enquit-elle, t'as jamais vu une femme décapotab' ?

Et se troussant tout à fait elle me montra la savane.

C'est en baissant les yeux que je découvris mon manuscrit. Entre deux tiges à chaussures, sa couverture en skaï Vertex dérivait doucement dans les eaux fangeuses de la penderie entrebâillée.

Je me le rappelle comme si c'était hier.

J'ai mis Art Tatum sur la platine et j'ai respiré fort.

Son piano magique est tout de suite entré dans la ligne droite. Ensuite, ses doigts ont commencé à dessiner des zigzags avec une imagination phénoménale. Il a inventé sa main gauche et en même temps, je sentais bien, il pensait à sa main droite avec une concision d'algébriste. Cette domination dénotait un caractère un peu effrayant, presque inhumain, je dirais, mais j'étais si profondément triste que j'arrivais à le suivre sur tous les plans. Il n'a pas réussi à me semer. Je percevais parfaitement qu'il ne faisait pas seulement une froide démonstration de virtuosité, mais qu'il m'emmenait sur des chemins où les légers déséquilibres, les ratés d'une fraction de seconde, les arythmies passagères, vous propulsent à des altitudes irrespirables pour le commun des mortels.

Le disque s'est terminé par les trois minutes éternelles de *Danny Boy* et quand ça a été fini, je me suis senti bon. Meilleur, je veux dire. Avec infiniment plus de talent qu'une demi-heure auparavant.

Et prêt à conquérir le monde.

J'ai regardé de mon côté, dans la glace. Dans une piaule pourrie, j'ai vu un type petit, c'est vrai, et brun, mais tout à fait exceptionnel, je le savais.

Et injustement méconnu.

Je suis descendu dans la rue. C'était plein de gens qui ne me connaissaient pas encore. Des hommes et des femmes qui, plus tard, seraient flattés de m'avoir côtoyé sans le savoir. Je me suis mis à siffler. Le printemps sur les toits faisait un bruit d'hirondelles.

Zorro parano

J'avais toujours envie d'être un artiste, et c'est ça qui me faisait marcher. Jamais vu un truc aussi sournois. Une véritable pourriture mêlée à un parfum d'orchidées.

Et je me sentais pur comme si je regardais une montagne.

« *Ce qui est merveilleux, c'est que ce n'est pas douloureux, dit-il. C'est à cela qu'on sait que ça commence.*

— Vraiment ?

— Absolument. A part ça, je suis désolé à propos de l'odeur. Ça doit te gêner ? »

Hemingway, *Les Neiges du Kilimandjaro*

Meurtre en lumière blanche

à Paula Jacques

Tout se présentait plutôt bien. J'avais chargé des tomates du côté d'Orlando, Florida, et maintenant, je remontais vers le Nord. J'avais entre les pattes un volant en altuglass pailleté. La photo de Jessica Lange était épinglée sur le tableau de bord. La radio stéréo jouait *Hot Licks, Cold Steel* et *Trucker Favorites.* Et j'avais une confiance insupportable en mes capacités futures.

J'ai balancé mon stetson à plumes d'aigle vers l'arrière, j'ai poussé l'air conditionné à fond et j'ai regardé mes dents dans le rétro. Je me suis dit que, pas de doute, j'étais un foutu champion au hit-parade de la séduction routière. La veille au soir, je m'étais acheté une paire de bottes signées Charlie Dunn, des vraies pièces de collection avec des aigles blancs sur fond rouge et je jure que ça me rendait encore plus fort, encore plus invincible. En traversant les faubourgs de Gainesville, j'ai même jeté un coup d'œil du côté des façades en verre d'un hall d'exposition. Je nous ai vus passer en réflexion. Sacré spectacle. Et je crois franchement que Ken et moi, on avait plutôt la classe à ce moment-là.

Ken, c'est mon camion au cas où vous débarqueriez. Un Kenworth Coe aerodyne, le genre de caisse montée sur une vingtaine de roues qui ne passe pas inaperçue, quand vous déferlez sur la highway.

Et moi, c'est George Franklin Jefferson Junior, vingt-huit ans beurre frais, le plus mariolle des conducteurs de la côte est. Le « trucker » au sourire pâle. Toujours une barbe de deux jours pour ombrer le visage. Et la carte du Texas tatouée sur le haut du bras.

— Pas vrai, Popeye ?

— Yep ! Le meilleur des gypsies *, fiston. Un vrai macadam-cow-boy.

Popeye est mon faire-valoir. Il n'a plus de dents et guère d'ambition. Il a la peau d'une vieille figue. La couleur d'une vieille figue. Et la mentalité d'une vieille figue. Mais c'est Popeye. Si vous l'écoutez pendant des heures, ce type-là a repris Okinawa à lui tout seul. Il le dit. Il le soutient dur comme fer. Et après tout, c'est bien possible. Le vieux fait partie de ces gens qui rendent les mensonges autrement plus vrais que la réalité. J'aime écouter Popeye.

Sous ses bras secs, il a des muscles du premier âge. Super-biotoniques, je dirais. Des câbles d'acier dans les biceps. A peine humain, ce con. Et vachement utile pour charger les cageots, vous voyez ? Et puis, à

* Gypsies : chauffeurs routiers qui n'ont pas d'engagements fixes. Ils parcourent les U.S.A., le Canada, et le nord du Mexique à la recherche d'un chargement. Souvent, ils couchent et vivent dans leurs camions.

force de rouler, il a amassé un petit pécule, alors on a acheté le Kenworth à nous deux. Fifty fifty pour les traites et les emmerdes.

Vieux Pop boit à peine plus qu'un parcours de golf. Dix-huit trous dans le gosier, mais jamais plein, bien sûr. A la place des yeux, au fil des années, il a juste gardé deux fentes. Tout le reste a disparu. Les cils et le superflu. Vous lui demandez pourquoi :

— A force de regarder la lumière blanche et la route, fiston, il répond. D'ailleurs les poils, les cheveux, les cils, tous ces enjoliveurs du corps, ça sert à rien...

C'est comme l'instruction, Pop dit qu'il n'en a pas besoin.

— Pour quoi faire, fiston ? J'ai jamais eu besoin d'écrire et dans notre association, c'est toi qui calcules !... Quant au reste, ça se retient facilement, il me semble...

— Même à ton âge, Pop ?

— Surtout à mon âge, fils ! Si t'es pas trop con, tu sais une fois pour toutes où se trouvent ta bouche et ton trou du cul, pas vrai ?

Et en général, il se rendort. Ah ! pas de doute, Popeye, c'est une âme. Un sacré coéquipier, je veux dire.

Bref, jusque-là, tout allait bien. Il y avait plus qu'à se laisser glisser jusqu'en Georgie. Le moteur Cumming faisait le boulot et jouait toute la grand-messe dans les orgues de barbarie : deux grands pots d'échappement verticaux à entrée chromée qui crachaient vilain vers le ciel. La route déroulait le tapis jusqu'à Savannah, pas besoin d'enfoncer les boots pour écraser l'accélérateur : le Ken était un colosse à la douceur insoupçonnable. La direction était assistée, les sièges suspendus, la moquette épaisse et le frigo plein de bière. De partout je ne recevais que de bonnes vibrations. Musique, chromes, et customisation.

C'est la C.B. qui a apporté la désolante embrouille... Une voix est sortie du Master-3600 et elle avait le genre d'intonation amicale qui vous fiche vraiment les boules. Au travers de l'ampli, elle disait :

— Allô ! Ken ? Allô ! Ken de Caroline du Nord ? Tu m'entends ?

— Clair et net. Identifiez-vous.

— On est cinq dans une Lincoln Continental, tu viens juste de passer à notre hauteur.

— Bonne bourre, les gars ! Qu'est-ce que je peux faire pour vous ?

— T'arrêter, Max. On voudrait pas qu'il t'arrive des soucis.

— Répète ! Tu veux que je m'arrête ?

— Ouais mon pote, c'est ce que je viens de dire. Et je veux que tu foutes en l'air ta cargaison.

— Non mais qui t'es toi pour me parler comme ça ?... Qui parle ?

— Un ami qui te veut du bien.

— Va te faire enculer à l'huile de vidange, mon vieux, et oublie-moi quand tu rêves !

— Dis donc, p'tit gars, t'as déjà entendu parler de Howard Adams ?

— Non. Qui c'est ?

— Une célébrité dans ton genre. Un petit malin qui ne voulait pas faire la grève. Un jaune. Il a pris une balle en pleine poitrine, la semaine dernière, sur la Pennsylvania Turnpike... Il a saigné deux heures sur son volant...

Je me suis retourné vers le fond de la cabine. Vieux Popeye dormait pas. Assis sur la couchette, les jambes pendantes, il se grattait un reste de cheveux. Il écoutait toute cette merde.

— Dis-y que c'est un enculé, il a fait.

La voix a recommencé son turbin mielleux :

— Si tu tiens à ton bahut, si tu tiens à la vie, arrête-toi, mec. Arrête-toi tout de suite. Saute en marche, c'est mon conseil.

— Dis-y que c'est juste un enculé, répéta Pop. Il était contrarié, ça se voyait. Il avait ouvert toute une paupière pour la circonstance. Un étrange œil bleu clair, il avait. Il a sauté sur ses chaussettes et a réintégré son siège à côté de moi.

— J' parie que vous êtes les enculés à Mike Parkhurst, hein ? il a rugi en empoignant le micro. Les fumiers du syndicat ! Enculés ! il a répété, à croire qu'il connaissait plus que ce mot-là.

— On est les gars qui ont flingué Steven Fusaro au parking de Somersott, Massachusetts, a dit calmement la voix. C'est dire qu'on plaisante pas.

— Moi, j' suis un vieux qui fait la route depuis

trente-cinq ans, a dit Pop. J'ai les couilles délayées à force de les tourner en mayonnaise sur une putain de banquette... Alors tu penses tout de même pas que c'est un outil dans ton genre qui va me faire courir en plein soleil ?...

Il y a eu un mauvais silence.

— Comme vous voudrez, les gars, a fini par crachouiller la voix. On vous laisse encore une vingtaine de miles de bon pour réfléchir. Après, ça sera l'enfer.

J'ai coupé la C.B.

— Jésus-Christ, a dit Popeye en attrapant une bouteille de Scotch que je lui connaissais pas, Jésus-Christ de bordel ! On va pas se laisser intimider par une poignée de voyous pareils !...

— La merde, j'ai dit. Le Ken vaut 870 000 dollars et on a des traites pour cinq ans. Endettés jusqu'à la gueule ! Il faut le mettre à l'abri.

Pop m'a regardé comme si j'étais peint en vert.

— Ah oui ? qu'il a demandé. Et où que tu caches un troupeau de mammouths pareils ?

J'ai pas répondu parce qu'il y avait rien à répondre. J'ai appuyé à fond sur les gaz et en regardant dans mon rétroviseur, j'ai vu la Lincoln Continental. Elle gagnait tranquillement du terrain sur nous.

Cinq minutes plus tard, Popeye a bougé sur son siège. Il avait bu trois fois du whisky et il avait remis ses boots. Il a marmonné :

— Bon. J' vois bien que t'as encore besoin du vieux Dan McShane pour te sortir de là, fiston. T'as qu'à suivre à la lettre ce que j' vais te dire... Et c'est bien l' diable si on trouve pas une solution à nos embarras...

Il a dessiné un drôle de sourire sur sa figue et brusquement, il s'est mis à parler de lui-même à la troisième personne :

— Il va t'indiquer une route à main droite, dit-il. Pas celle, là, celle d'après. Tu la prendras, même si elle te plaît pas... Et trois cents mètres plus loin, tu trouveras un foutoir à cambouis... Des cabanes et de la poussière... Rien d'engageant, tu verras. Du moche qui fait un peu coupe-gorge plus qu'on s'approche. Mais qui fait aussi garage et même restaurant... C'est là qu' tu t'arrêteras, exactement comme si on allait mettre du gasoil dans notre camion. Là-bas, tu verras... C'est pas des gens comme d'habitude. La folie est comme qui dirait passée sur eux. Ça arrive... C'est des gens éclaboussés.

Popeye a frotté son front comme pour effacer une fatigue passagère.

— Y s' trouve que j' les connais un peu, finit-il par dire. Et on peut en tirer le meilleur... Fais simplement c' que je dis, fiston. T'étonne de rien. Pose pas de questions. Et le reste, Bon Dieu, laisse-le au vieux Dan... qui s'en r'met aux mains du Seigneur.

Et j'ai tout fait comme Popeye il a voulu...

Le look trucker est un style à part entière. Sam Pekinpah, le salaud, s'y est pas gouré, le jour où il a tourné *Convoi*. La grande fille qui se tenait devant les pompes à carburant non plus s'y est pas trompée. Dès qu'elle m'a vu descendre du Kenworth par les marches chromées, elle a posé son seau d'eau. Elle en avait plus rien à foutre du pare-brise qu'elle essuyait pour le compte d'un bouseux ordinaire. Elle a planté là le petit gros qui lui reluquait les seins à raison de trois dollars quatorze le gallon et elle s'est mise à marcher dans la poussière rouge de la piste.

Cette fille-là, elle avait une science pour arrondir ses hanches à chaque pas qu'elle faisait. En la voyant défiler dans ce pays aride, vous vous demandiez vraiment si c'était pas une personne déplacée. Au bout du compte, elle est venue directement se frotter contre moi. Elle se tenait incertaine dans sa robe carmin boutonnée devant, tout en haut de ses talons vertiges et elle a hoché la tête en me regardant. Quand ça lui a paru suffisant, elle s'est abritée avec la main du soleil qui lui faisait trop les yeux verts et elle a balancé une mèche qui l'emmerdait.

— Je te trouve beau comme Chris Kristopherson, elle a dit, mais si je pensais qu'il y avait que ça, ça suffirait pas à faire mon bonheur.

Putain de voix grave, elle avait. J'ai regardé mes santiags biseautées et j'ai dit :

— Bon, Madame. Qu'est-ce qu'on peut faire de plus ?

La grande fille a haussé les épaules, comme si elle était agacée. Et puis, elle n'a pas eu le loisir de me répondre parce qu'un vieux débris avec un air à faire peur s'est approché de nous à reculons. Il était avec Popeye qui lui tenait le crachoir en faisant des grands gestes. Ces deux-là avaient l'air de bien se connaître et c'est en tapant sur l'épaule du vieux bonhomme en salopette que Pop m'a présenté :

— Junior, il a dit, j' veux que tu rencontres Ezéchiel Delgarno. Ça fait cinq ans qu'il avance à reculons pour bien se prouver qu'il peut le faire...

— Et puis, dit le vieux, parce que j'ai perdu ma femme... Ça m'a foudroyé, c't' affaire-là.

— Un cul comme le sien qu' t'avais mis à ta disposition par mariage, acquiesça Popeye, sûr que ça se retrouve pas facile... Mais ça explique pas à mon copain pourquoi que tu t'es mis dans l'idée de r'culer...

— Pour essayer de rebrousser l' temps, jeune homme, expliqua le vieux... Des fois qui s' laisserait surprendre et que je reverrais mon Héloïse au détour de la nuit...

Il a baissé la tête et il s'est assombri davantage.

— Et puis si je recule, c'est aussi parce que j'aime autant me mortifier, avoua-t-il encore. Par religion à moi.

— Une vraie force de caractère, ça ! s'extasia Popeye, comme s'il était enchanté de la tournure que prenaient les choses.

Il souleva sa casquette de joueur de base-ball et s'adressa de nouveau à moi :

— Et puis tu vois, fiston, cette demoiselle que

t regardes là-bas, partir vers le snack, c'est rien moins que sa propre fille à Zech... Samantha, elle s'appelle.

— Sa mère toute crachée, échota le vieux garagiste en reprenant son périple à reculons. Et ça l'empêche pas d'être une salope !

— Ezéchiel plaisante, assura Pop. Sa fille est tout son bien. Elle est belle comme un lever de soleil sur des fesses de nouveau-né, et il l'a mariée du mieux qu'il a pu.

— A un vulgaire démonte-pneus ! grogna Ezéchiel en regardant du côté du hangar avec haine.

Il souleva son chapeau noir, l'envoya valser dans la poussière, cracha par terre et commença à faire le plein du Ken.

Popeye se détourna imperceptiblement. Lui et moi, on venait de voir arriver la Lincoln Continental. Comme un animal malfaisant, elle s'était immobilisée en début de piste. Personne ne descendait.

Ezéchiel Delgarno en fronçant la broussaille de ses sourcils avait trouvé assez d'ombre pour s'abriter du soleil.

— Qui c'est ceux-là qu'approchent pas ? il a demandé pour lui-même.

— Des ennemis qui nous veulent du mal, a dit Popeye. Et nom d'une termite, je suis venu te demander un service, Ezéchiel.

— Si ça peut se rendre, a dit le vieux en surveillant le volucompteur qui défilait.

D'un coup, on le sentait bougrement sur ses gardes.

— J'aurais besoin d'un fusil, a dit Popeye. Çui à canon scié, le qu' t'as sous ton comptoir.

Le garageot a fait celui qui n'entendait pas. Il a de nouveau vrillé ses petits yeux méchants du côté du hangar. J'ai regardé du même côté. J'ai vu deux godasses qui sortaient de dessous une Buick, modèle 1970. Le vieux a surpris mon regard.

— Si on peut appeler ça un gendre, il a marmonné. Il est juste bon à rester le cul dans sa fosse. Et en plus, il me respecte pas.

— Sûr qu'y a plus d' jeunesse, a seriné Pop dans son absence de dents. C'est pour ça que des vieux dans not' genre, y faut pas qu'on s' laisse tomber. Par réciprocité d'origine.

— Hier, gendre m'a encore battu, a dit le vieux Ezéchiel en regardant avec une rancune incroyable du côté du hangar.

Après, il m'a carrément dévisagé :

— Vous devriez aller baiser ma fille, il a dit. Elle attend que ça et moi, ça me ferait comme un soulagement de vengeance...

Une proposition pareille, je savais plus sur quelle botte me tenir. J'ai regardé du côté de Popeye. Il riait comme une figue trop mûre :

— Sûr que tu d'vrais faire c' que mon ami te demande, fiston, il a dit.

Ezéchiel s'est tourné vers Popeye. Il avait une humidité de reconnaissance peinte sur toute la gueule. Dans le coin des yeux, vous auriez pu prendre ça pour des larmes.

— Dès que je vois un p'tit gars pas trop mal tourné, il a expliqué, je l'envoie à Samantha. Chienne de vie ! J' veux pas qu'elle me quitte. Et un peu d'amour à la va-vite, elle y a droit, je pense. On a tous droit à un p'tit quelque chose, y m' semble...

— Sûr, a dit Popeye. Sûr qu'on y a tous droit.

Il a remué sa mâchoire vide dans tous les sens et il m'a dit avec une grande fâcherie dans la voix :

— Eh ben, qu'est-ce t'attends, Junior ? Va baiser la fille de mon ami. Fais comme j' te demande, nom d'une bite !... Tu lui rends un service et c'est clair, lui, il nous passera son fusil dès qu'il aura un moment...

J'ai regardé du côté de la Lincoln Continental et je me suis mis en route pour le snack-bar. Pendant que je faisais le parcours, le chauffeur a ouvert sa portière. Il est sorti en pleine lumière. Il s'est approché de moi dans son costume des villes. Il avait le nez écrasé et un chapeau éclaboussé de lumière blanche. Il a fait un vague signe quand je suis arrivé à sa hauteur.

— Bonne bourre, cow-boy, il a dit, avec sa voix mielleuse. Je te laisse un quart d'heure pour réfléchir. Après, mes amis et moi, on redeviendra méchants comme t'as pas idée.

J'ai pas répondu et j'ai poussé la porte grillagée du restaurant. En venant du dehors, on n'y voyait rien au début. A première odeur, ça sentait la frite et le hamburger. Après, ça puait le parfum parce qu'elle s'en était vaporisé partout sur le corps.

Elle se tenait debout devant le juke-box. Elle bougeait doucement. E 28 était allumé et ça jouait *Duke and the Drivers* par Rollin's On. Elle a déboutonné sa robe dessus et elle avait rien dessous. C'est moi qui ai voulu la prendre sur la table de la cuisine, à cause de Jessica Lange dans *The postman always rings twice.* Elle avait pas vu le film mais elle a pas fait d'objection.

J'ai remonté la sonnerie du four à micro-ondes et je l'ai réglée sur dix minutes. Il y avait de la farine sur la table, exactement comme au cinéma et cette fille-là, c'était une exigeance comme j'ai jamais entendu parler. Elle savait faire des trucs extraordinaires avec ses jambes qui guidaient toute l'affaire. Et le reste, les mains, les yeux, c'était fait pour rester ouvert, juste tourné vers le plafond couvert de chiures de mouches.

Le réveil a sonné et j'aurais sûrement oublié le quart d'heure si une détonation m'avait pas fait sursauter. Je ne sais pas comment je me suis retrouvé à courir dans le soleil. J'avais laissé ma chemise derrière moi, mais c'était pas le problème.

Le problème, c'était Popeye entouré par quatre malabars avec des barres de fer. Lui, dingo comme un singe, plus de menton à force de serrer des mâchoires où il y avait que du vide de davier, tenait le conducteur de la Lincoln par le cou. Il lui serrait le larynx avec toute la force des câbles de ses bras. Le type avait pas l'air à sa fête. Il avait les yeux qui maboulaient d'angoisse tellement il avait le canon scié d'un fusil écrasé contre la tempe.

— Monte et prends le guidon, fiston, a dit Popeye. On va décoller en douceur... Sûr que ces messieurs feront pas de façons pour qu'on s'en aille.

J'ai lancé le Cumming et j'ai vu arriver vieux Pop's du côté passager. Il tenait toujours son otage par le cou et j'ai commencé à rouler en tirant sur les rapports.

Popeye a lâché le gars que quand on a retrouvé l'autoroute. Un coup de tatane dans les reins et il l'a balancé. En refermant la portière, il a dit :

— J' pense pas qu'il se soit trop brisé... Mais si ça lui est arrivé, bien fait pour ses os !...

Popeye a rangé le flingot sur ses genoux comme une serviette dans le tiroir. Il a sorti un paquet de cartouches qu'il a rangé devant lui. Il avait l'air paisible d'un gars qui vient de faire un bon repas. Il a même fini par effacer la rougeur de ses oreilles. Un sourire lui a balayé le devant de la colère. Il a repris sur le visage son air de fruit sec. Et il a dit :

— Alors, fiston ? Comment qu' c'était la fille de mon ami ? C'était pas une promesse en l'air, au moins ?

J'ai ri. Des fois, Pop's, il est tellement formidable que vous ne pouvez même pas lui répondre. J'ai conduit un grand bout de temps sans rien dire. Le Ken bouffait les kilomètres.

— Tu crois que les gars du syndicat vont nous lâcher les roues ? j'ai fini par demander.

— P't' être, a dit Pop's. Mais p't' être pas, il a aussitôt ajouté comme un remords.

Il avait l'air de se concentrer sur le paysage, mais en fait, je voyais bien que c'était du rétroviseur qu'il s'occupait.

— Putain de pays, il a fini par dire pour faire diversion.

Sûr, il voulait pas que je m'en fasse.

— Putain de pays, il a répété.

Et puis, comme toujours, les mots lui sont montés à la tête. Une soûlerie dès qu'il commençait la jacasserie. Pfuit, les situations, les images, qui lui tourneboulaient la ciboule, marmelade d'ingrédients du passé qui le nourrissait mieux que n'importe quel Burger King.

— Tu sais comment j'ai rencontré ce vieux croûton d'Ezéchiel Delgarno ? commença-t-il. Un jour où j'étais en panne, figure-toi ! C'était l'été exaspérant où il a fait si chaud. Parole ! Même les serpents à sonnettes tenaient pas le coup... Foutues bestioles ! Elles étaient devenues des reptiles à sang chaud ! Tellement elles avaient changé d'emploi que ça les décourageait... Résignées elles étaient ! Prêtes à finir sacs à main dans une devanture de la 5e Avenue ! J' te jure !... Restaient en travers des routes. Des heures pour traverser ! Çui qu'avait encore la force de soulever ses bottes avait plus qu'à les écraser pour le compte. Misère de nous, j' te dis, une chaleur pareille, on n'avait jamais vu ! On avait des taches noires devant les yeux. On s'essuyait, on s'essuyait...

La sueur, rigole de nous, tombait de notre front. On était sauvages à l'intérieur. Chargés de violence et mous dans nos corps... J'avais chargé une fille vingt miles avant de tomber en rade. Elle s'était tirée de chez ses vieux. Elle avait trop de rouge à lèvres. Et j'espérais bien m'amuser un peu avec elle... Me regarde pas ! J'étais jeune alors ! Elle avait des yeux fabuleux, des miroirs à beauté. Et des cuisses longues et bien en chair, juste comme celles que tu viens de voir. Telle fille, telle mère... C'était Héloïse, figure-toi !

Il se tut pour raviver les souvenirs. Son reste de menton s'effaça :

— Je l'ai baisée une fois, dit-il en fermant les yeux. Et Ezéchiel tout le reste de sa vie. Tout ça pour une connerie de bordel de courroie de ventilo, a conclu Popeye.

Il a rouvert ses fentes et c'est là qu'il a commencé à regarder bizarrement vers le pont qui enjambait l'autoroute...

Ils étaient cinq. Et ils avaient tous le bras en l'air.

J'ai accéléré et au fur et à mesure qu'on approchait, on pouvait distinguer leurs traits. Ils ont balancé leurs briques tous en même temps. Deux ont rebondi sur le capot du Ken, une est partie sur la cabine avec un bruit sourd, les deux autres sont entrées par le pare-brise. Le Ken a donné l'impression d'exploser. J'ai fermé les yeux et tous les éclats de verre m'ont sauté à la gueule. J'ai lâché le volant et j'ai protégé ma tête. Ça n'en finissait pas. Des milliers de cubes de verre qui cherchaient les yeux.

L'air chaud succédait à l'air conditionné. Le Ken, pendant ce temps-là, dévalait à son idée. Troupeau aveugle, il s'enfonçait en hurlant. Vent suffocant. Remous et après, trépidations. Le train de roulement abordait le bas-côté. La semi-remorque chassait. La tôle frottait la glissière. Il y avait du feu, des étincelles sur ma droite. Mon pied s'enfonçait sur le frein. L'air comprimé éternuait. Cabrade. Rugissement.

Et puis d'un coup, le silence.

En relevant la tête, j'ai tout de suite compris que Popeye parlerait plus jamais. Il avait la gorge qui riait. Un fou rire avec deux lèvres de sang largement ouvertes. Et sa carotide qui faisait fontaine. J'ai sauté du Ken en hurlant. J'étais sur la route et je courais vers nulle part où aller. J'ai fait trois cents mètres sans qu'il m'arrive rien. Je me suis retourné et j'ai vu le chauffeur de la Lincoln qui s'avançait vers moi. Il était calme. Il a fait un signe. Il tenait un fusil. Derrière lui, autour du Kenworth échoué, il y avait tous les autres types. L'un d'eux a levé son bras en direction du réservoir et le bahut s'est mis à cramer. C'était beau comme l'enfer.

Je me suis remis à courir. La lumière était blanche. Aveuglante. Il suffisait de fermer les yeux pour la filtrer. Deux fentes. On n'avait vraiment pas besoin de cils pour avancer. On courait pour la vie. On courait pour l'essentiel. La bouche et le trou du cul, je dirais.

Patchwork

Et tout le reste était rien.

C'est ce que je me suis dit quand la première balle m'a mordu à la jambe. C'est ce que je me suis répété parce que je me sentais embêté. J'ai dit, Junior, une paire de bottes, même si c'est des Charlie Dunn, c'est pas très important.

Et en tout cas, il n'y a vraiment pas de quoi pleurer comme un enfant.

Plaisir-cicatrice

à Jean-Paul Kauffmann

« Les enfants, c'est comme les années, on ne les revoit jamais. »

L. F. CÉLINE

La Dame au chapeau rouge regardait par la vitre ouverte de la limousine. Attentive. Dès que son regard se posait sur un groupe d'enfants, elle semblait redoubler d'intérêt. Les gosses de pauvres avaient les yeux liquides. Ils avaient tous besoin d'elle. Celui qu'elle avait repéré le matin même était toutefois le plus touchant.

La colère se lisait sur son visage.

Rocky-Vélo en avait marre de ceux qui se shootaient à la colle. Ras le bol des portosses qui respiraient du vinaigre. Des petits-fils de harkis qui faisaient monter le prix du kif. Et des types qui faisaient les poubelles, dans l'espoir de trouver des médicaments hallucinogènes. Total, des pilules roses. Des pilules qui ne vous faisaient même rien. Ou qui vous foutaient la ruine à la santé. Cœur en tocsin pendant quarante-huit heures. Bloblotte à tout va, vertigo, bourdonnements. Chiasse pendant une semaine. Rien que des pièges à papier hygiénique et un mal fou pour s'en remettre.

La Dame au chapeau rouge regardait par la vitre ouverte de sa limousine. Voilà deux jours qu'elle le suivait. Il n'allait pas à l'école. Ses ongles étaient noirs. Il était en pleine révolte. Ce soir-là, elle avait été effrayée par ce qu'elle avait vu de lui.

Rocky-Vélo avait aussi essayé le vin. Une bouteille qu'on se repassait comme une contagion. Vinasse Bercy-beaucoup, lampée à la régalade. Du Quigratte emballage plastique, le genre casse-poitrine dernière catégorie, tout juste bon à vous faire dégoiser des gourderies pas possibles.

Des mômes. Des enfants de pas de chance, tous quatre pattes dans le caniveau, la belle jeunesse dans des états ignobles. Noyés dans l'alcoolisme, minois tout rigouillards. Capables de sortir le couteau. Méchants comme des bestiaux. Ou alors, si lourds dans leurs bottes, qu'ils finissaient la nuit sur le tas. Mitan des immondices. Beurrés comme des biscottes. Les dents tachées de picrate, hourdés, tracos, pas nets, à regarder leur dernière œuvre : une bagnole B.M.W., chose d'un représentant en quenelles, qui flambait dans la nuit. Maboulite. Misère de banlieue. Violence, dernier rempart du désespoir.

Ou alors, trop crevés pour aller plus loin. Abandon du corps. Le genre hardi sur la ronflette. Princes de la ronflague. Tous au refuge du sommeil. Et la maison

Poulmann qu'avait plus qu'à boucler toutes ces épaves de macadam.

Rocky-Vélo rongeait ses ongles sales.

Décidément, à part des mouches et des coups de pied au cul en garde à vue, on n'attrapait rien trop avec une cuite. Rien. Et mince de vie. Mince de vie à la mie de con.

Rocky-Vélo en pouvait plus de galérer. Parce que quoi ? L'avenir en barres ? L'avenir en blocs ? Pas d'horizon. Tunnel bouché. Dégringole inévitable. Se voyait pas, Rocky, se voyait pas finir dans ce paysage de désolation extrême. Et merde du terrain vague !

Au pied des cages, il expirait.

La Dame au chapeau rouge regardait l'enfant par la vitre de sa limousine.

— Arrêtez-vous là, commanda-t-elle à son chauffeur.

Elle descendit dans le vent aigre et se précipita derrière la silhouette en blouson.

Là-bas, l'enfant entrait au Prisunic...

Rocky-Vélo s'arrêta devant la mobe. Un traîne-con à mélange. Suspension arrière. Et des clignotants si tu tournes.

Il aurait voulu pouvoir se tirer. Merde encore pire, pensa-t-il, merde avec envie de vomir des filles du quartier. Sugar-pute et Marité, Doigts-d'Alu et Bouche-à-Miel, rien que des gigolettes catégorie hard. Minouche, Aïcha, Louise, même service. Et même Rabolin Lucienne, dite Battling-Poufiasse, une arménoche par sa mère, avec des yeux charbon-acier et en qui il avait pourtant drôlement cru. Un investissement du cœur. Véritable passion. Grand-teint de l'espoir qui mousse.

Il était devenu fou de cette gigolette. Au point, au point de le lui dire. Je t'aime salope, en lui tordant le bras, bien sûr. Mais quand même, les sentiments étaient là, sous les aigles du blouson. Et pendant un mois, sans Ray-Ban, il s'était coiffé avec une raie sur le côté.

Il avait fait plus pour cette bidochette. Il avait chouré un collier imitation perles à Inter-Marché. Franco. Malgré les vigiles. Et aussi des collants, parce que Rabolin Lucienne, il la voulait habillée en mauve, avec des godasses assorties. Des talons pointes qu'il avait mis huit jours de ruses incessantes pour sortir de chez les chaussures André. Un vrai rêve de poète. Tout ça pour Battling-Poufiasse. Qu'elle devienne sa poule, merde, et qu'il tire son premier coup. Comme n'importe quel zonard de la rue de Cologne. Il y avait droit, je pense. Lui, Rocky-Vélo. Treize ans déjà. Treize balais de zup et drôlement en retard pour son âge. Ah ! le sexe !

Et mince de vie. Mince de vie à la gomme.

En attendant, les soirs de chauffe, il s'écossait le légume à la main, devant le poster de Marilyn. Traversée en solitaire. Une entreprise pas satisfaisante malgré les visions colorées. Et après la gerbe d'étincelles, une fois remonté du fond du bonheur, c'était toujours le même refrain. Rocky-Vélo avait comme un manque intime. Un manque au bout de lui-même. Une insécurité sournoise par rapport à sa force véritable.

Tout flagada sur ses moltegommes, les cannes en té et les intentions fissurées, il se glissait dans les rues. Là-bas, du côté du centre commercial, il retrouvait la lumière. Le fric, qui ruisselait des devantures. Et les bandes de narzos, des gus qui pillaient les seins des nanas en leur roulant des galoches. Ça lui foutait les boules, à Vélo. Ça le flinguait net d'envie, tous ces mecs à la coule qui paradaient santiags sur des jambes arquées, plus paons que des stars de cinoche, sous prétexte que leur Lewis abritait une bite à répétition. Mille fois merde pour l'humiliation ! Et salement envie de rentrer dans leur club, Vélo. Rien que des super-baiseurs, d'ailleurs. Des champions du mouvement à bielle. Des exemples à suivre qui se gavaient tous les samedis au Cheese Burger Big Mac ou au filet O'Fish, avant d'aller faire un concours de longévité sexuelle dans les caves du bloc C. Quelle leçon !

C'est justement en les suivant un de ces soirs-là, par pur désir de participation rentrée, que Rocky-Vélo connut la maousse déception du siècle. L'horreur ! Sous une ampoule peinte en rouge, entre une bicyclette Hirondelle et un Godin désaffecté, Rabolin Lucienne, guitare de son corps, était en train de jouer la nuit électrique avec une douzaine de minimes. Rien que des oginos de la portée poussin. Des sept-huit ans qui s'initiaient.

Rabolin ! Sa Lucienne !

Immédiatement rebaptisée Battling-Poufiasse en vertu des circonstances, elle officiait sans soustinge. La bouche exorbitée, elle gamahuchait la classe tendre avec une sensibilité de professionnelle. Les gosses, une fois envoyés dans les étoiles, tendaient leurs dix balles et-au-suivant-poussez-pas. Jusqu'à un plus effronté qui s'est tourné les fesses vers l'ampoule pour bien se mettre le rondibé en lumière et qui a dit posément : « Cinquante balles, si tu me fais fleur de rose. »

Rocky-Vélo n'en croyait pas ses yeux. Son Amour ! Son bel amour qui foutait le camp ! Voilà qui dépassait, n'est-ce pas, le treuil de la tolérance ! Vous avez beau avoir un regard froid sur les événements de la vie ordinaire, il y a des coups qui font mal. C'était comme si on lui avait pété la tête sur le trottoir, Rocky. Son amour avait la gueule en sang.

Il ressortit à l'air froid et tout lui parut plat comme de l'eau. Même le projet de respirer lui semblait aussi inutile que d'essayer de creuser un trou dans la mer. Autant mourir en apnée. Tout de suite. Si sec.

Et tout mélancolo, dérivant où n'importe, larme à l'œil presque, il se retrouva devant le Prisunic. Là, pour apaiser son chagrin, il se fit la main sur un transistor en module de F. Sorte de chaparde de compensation. C'était ça ou la mort. Le suicide pour cause de spleen des grandes cités.

Bref, un quart d'heure plus tard, assis sous un lampadaire, il respira à fond, ouvrit la radio à tout va et tomba sur Mozart.

C'est alors que la Dame au chapeau rouge lui apparut.

La limousine glissait le long du trottoir. Les réverbères traçaient des hypoténuses à néon sur la carrosserie automobile. Un monde en reflets qui semblait irréel comme un film au Gaumont Palace. Rocky-Vélo regardait sans y croire le geste d'invite qu'on lui adressait par la portière ouverte.

La Dame avait des paupières bleues, des cheveux extrêmement fauves, une bouche redessinée et l'air si bon que c'était à peine croyable.

Les joues pendantes, Rocky-Vélo plaqua les variations en *fa* majeur en appuyant sur off. Son transistor à la main, il s'approcha. La voiture sentait le cuir et aussi « Chant d'Arômes » de chez Guerlain.

— Venez... avancez, petit homme, dit la Dame en rouge.

Elle l'invitait de sa main baguée à prendre place auprès d'elle. En s'asseyant profond, Rocky eut vaguement peur au ventre. Simple colique d'inattention. On enlève tellement les enfants de nos jours. Mais le grand sourire de la Dame le rassura aussitôt.

La couleur framboise de ses lèvres qui faisait ça. Elle donnait faim comme un quatre heures.

Soudain, la Dame au chapeau rouge caressa les cheveux de Rocky-Vélo. Elle prit l'air passionné sans qu'on s'y attende. Elle ferma la coquille de ses paupières bleues sur ses grands yeux poissons. Elle paraissait oppressée. Comme si elle avait besoin de se reposer à la suite d'une fatigue inattendue. Elle soupira, porta la main à son cœur, le cherchant quelque part dans sa profonde poitrine, et sourit à l'enfant pour le rassurer.

— Allez, dit-elle à son chauffeur.

La voiture bougeait si doucement qu'on se serait cru tenu en l'air dans le creux de la main de cette dame. Magique.

Pour cause de voix introuvable, Rocky-Vélo ne demanda même pas où il allait. Fond de la gorge en nœud de chaise, tête tournée par les parfums, corps troublé par les caresses et ses propres doigts posés sur le genou de l'étrangère, il s'extasiait sur sa beauté. Mince d'allure, elle avait. Son bruit, c'était la soie. Et par-dessus les bas, vous auriez vu les gambettes, sa jupe était fendue jusqu'au blanc des cuisses.

Le voyage n'eut pas de durée.

La maison était grande. Fric partout. Les moquettes, que de la laine. Des tableaux racontaient des couleurs incroyables. Les murs étaient violets. Ou parmes. Ou des nuances que Rocky n'aurait pas su dire. Le silence était extrême. On ouvrait les portes sur le passage de la Dame au chapeau rouge. Tout un peuple de domestiques qui lui obéissait sans parler.

Elle s'appelait Madame.

Rocky-Vélo et elle se tenaient par la main. Ils entrèrent presque aussitôt dans une chambre à coucher. Elle était tendue de violine. Après un jus d'orange obligatoire, elle demanda qu'on les laisse. Elle contempla longuement Rocky-Vélo.

Sans lui demander son vrai nom, Marcel, elle se mit à l'appeler Jean-Patrick. Elle avait l'air d'y tenir absolument. Toutefois, il ne commença à se faire vraiment du mouron que lorsqu'elle lui dit de quitter ses vêtements. Franchement, il avait les pieds sales. Madame au chapeau rouge se mit à rire. Elle dit :

— Pauvre petit, comment n'ai-je pas deviné ?

Elle le fit entrer dans une salle de bain attenante où la lumière venait de nulle part et tombait juste où il fallait. Des taches crues posées sur la baignoire noire, sur le lavabo et sur la coiffeuse pour se regarder. Madame au chapeau rouge ouvrit les robinets de la baignoire. Elle versa des poudres et des granulés dans l'eau. Elle dit :

— Appelle-moi quand tu as fini. Je serai à côté.

Rocky se noya dans la mousse comme dans une pub à la télé.

Lorsqu'il estima qu'il avait suffisamment trempé, il envisagea de sortir du bain sans faire trop de bruit. Mais dès qu'il eut posé le ripaton à terre, la dame passa son chapeau rouge par la porte. Rocky croisa ses mains sur sa quique. On a beau avoir des poils, il se sentait ridicule avec sa peau sans soleil.

— Je ne regarde pas, dit la dame. Je te pose tes affaires là, sur le tabouret.

Elle ressortit en emmenant l'uniforme habituel de Vélo. Plus de jean. Santiags, envolées. Et le tee-shirt avec marqué « I am a sex machine », même service.

Rocky commençait à douter. Il s'approcha des vêtements qu'on lui destinait et poussa un cri de souffrance. Ce que Madame lui proposait était inacceptable.

Quand il fit son apparition, Vélo la trouva assise sur une chaise. Elle vivait toujours avec son chapeau rouge sur ses cheveux fauves. Elle était visiblement repeinte. Ses yeux brillaient davantage. Le noir à cils qui faisait ça. Elle lui fit signe d'approcher. Il obtempéra en traînant les pieds. Dans sa veste blazer, ses socquettes de soie blanche et ses godasses vernies à boucle, Rocky se sentait plus vivre. Mais le pire, franco, c'était les culottes courtes en flanelle grise. Déshonorant.

— Approche, dit la dame en rouge. Approche, bel enfant !

Un peigne surgit de sa main aux ongles cutex et griffa aussitôt le cuir chevelu de Rocky-Vélo. Il sentit qu'on lui dessinait une raie au milieu.

— Merde, dit-il à intelligible voix.

Mais la dame ne prêta pas attention à ce vocable

déplacé. Déjà, elle dessinait deux pommettes vermillon sur ses joues et d'une houppette experte entreprenait de poudrer son front. Puis, sans crier gare, elle épaissit au crayon noir ses sourcils froncés.

— Voilà, dit-elle, satisfaite de ce qu'elle avait fait. Voilà, répéta-t-elle.

— Voilà pas, dit Rocky-Vélo. Les conneries, ça suffit. Va falloir m'expliquer.

— Il n'y a rien à expliquer, dit la dame. Tu es Jean-Patrick. Tu es mon petit garçon. Et aujourd'hui, c'est ton anniversaire.

Sur ses hauts talons, dans un bruit de soie, elle courut jusqu'à la porte voisine et l'ouvrit. Elle se retourna en s'épanouissant d'un sourire soleil :

— Voilà ton cadeau, mon chéri, dit-elle. Exactement celle dont tu rêvais au Prisunic.

Rocky-Vélo fit trois pas en avant, pour voir de quoi il retournait. Une mobe ! Une 49 centicus. Motobécane. Et vachement carrossée.

— C'est à moi, ça ? demanda-t-il.

— Rien qu'à toi, mon chéri, dit la dame.

Elle se pencha sur lui et merde, elle l'embrassa si près de la bouche. Elle puait toujours aussi bon. Ce cadeau, tout de même, ça méritait qu'on s'attarde. Rocky-Vélo se dit qu'il pouvait passer sur les sacrés pantalons courts. Il fit deux pas en arrière.

— Les conneries, d'accord, dit-il, mais rien qu'aujourd'hui. Et mille balles à la clé. Demain matin, je me débine.

La Dame au chapeau rouge ne montra pas qu'elle

était d'accord sur les règles du jeu, mais elle parut tout de même très heureuse. Elle retourna dans la chambre et quand Rocky l'y eut suivie, il constata qu'elle était occupée à dégrafer sa jupe. L'ayant enjambée, les jambes gainées de bas à coutures, elle regagna la chaise.

— Que je te fasse voir, dit-elle comme si elle parlait d'une sucrerie.

Elle souleva la soie vert Nil de son sous-vêtement et son ventre apparut en pleine lumière. C'était un ventre bombé comme un oreiller neuf. Vous aviez vraiment envie d'y laisser tomber la tête et de vous y reposer. Mais il était barré d'une longue cicatrice.

— Touche-la, dit Madame.

Elle prit la main du garçon et la posa sur le sourire cousu de la blessure. Rocky-Vélo sentit aussitôt une étrange chaleur monter dans son pantalon de flanelle.

Madame respirait plus vite et son cou se marbra de deux taches rouges. Elle soupira. Elle chercha son cœur quelque part dans sa poitrine bondissante et dit en pinçant les narines :

— Oh ! Patrick, Patrick mon enfant, regarde ce que tu m'as fait. Regarde ce que tu m'as fait en naissant.

Elle renversa la tête, ouvrit ses cuisses dans un geste d'abandon. Une sorte de douleur se lisait sur son visage. Ses paupières bleutées par le fard palpitaient sur ses prunelles révulsées. Elle dessina des lignes compliquées avec les mains de l'enfant sur son ventre. Têtue, silencieuse, elle l'obligeait à lire en alphabet braille. Rocky-Vélo, effrayé par la posture de Madame, par son teint pâle et empourpré à la fois, se sentait perdre les pédales. Affolés, ses yeux cherchaient à comprendre. Un cheval s'était mis à galoper dans la flanelle. La main cavalière de la dame ouvrait son froc et se jetait à la tête du canasson. Rocky s'emballa.

— Madame, madame, chuchota-t-il, votre cicatrice, celle qui est plus bas et dans l'autre sens... elle s'est ouverte.

— Je sais, dit Madame. Celle-ci est ma plaisir-cicatrice.

— Ah ! dit l'enfant en enfonçant ses doigts mouillés dans le mystère.

— N'aie donc pas peur, dit Madame, en l'encourageant d'une pression.

Il n'osait pas entrer tout à fait dans cette blessure nouvelle.

— N'aie donc pas peur, répéta la dame en sifflant un air chaud dans sa gorge. Il s'agit seulement d'un voyage à l'envers. On en revient toujours, petit homme. De quoi as-tu peur ?

— J'ai peur de changer, dit l'enfant.

— Aie pitié de moi, dit la dame. Entre. Ne me fais pas attendre.

Rocky-Vélo entra en hurlant dans la dame. La lampe s'éteignit et tout ce qui dansait dans son ventre était rouge et or.

C'était un autre terrain vague.

Lollipop

à Muñoz et Sampayo

« Va te coucher, petite.
Les horloges sonnent minuit.
Ce n'est ni l'heure ni l'âge de courir les rues. »

Robert DESNOS

La fille avec une robe en éventail a les seins beaucoup trop hauts. La fille avec les seins trop hauts a des jambes de femme. Elle a des hanches de femme. Une attitude de femme. Mais elle a quatorze ans.

Elle suce un sucre d'orge.

A part une phrase en espagnol, elle n'a rien dans la tête. Dans son cœur, elle n'a su enfermer que trois souvenirs : le type qui l'a traitée de putain et qui lui a fait si mal la première fois. Son père qui est obèse. Et cette photo de Diana Ross qu'elle emporte partout. Ce soir, Dieu, comme elle a mal aux pieds !

Elle suce un sucre d'orge.

Derrière elle, la ville referme sa main d'étrangleuse. Chaleur. Pleurs de goudron. Envies de ventre et rires de gorge. Les rues referment leurs doigts moites. L'orage est pour bientôt.

La petite fille avec un air de femme passe. Elle a quatre frères. Quatre sœurs. Un béret rouge sur la tête. Et l'envie d'être une star de cinoche. Entre la 42e Rue Est et la 43e, on l'appelle Lollipop. Elle passe dans les lumières. Devant les épiceries italiennes. A côté des poubelles. Sur les bouches d'aération. Elle passe sur ses talons aiguilles. Elle ne sait pas très bien ce qu'elle fait.

Elle suce un sucre d'orge.

Un sifflet plus présent. Un mot plus ordurier. Une main qui la touche. Lollipop tourne la tête et elle a une frange. Ses cheveux-casque tirent un trait sur son mauvais front bombé. Elle fronce des sourcils qui se rejoindraient si elle ne les épilait pas. Ses yeux sont des truites arc-en-ciel.

Derrière elle, la rue s'est emplie d'ombres. Ils sont tous là, ceux qui ont peur du jour. Ils sont tous là, les exilés, les solitaires et aussi les musiciens, les junkies et ceux que les regards des autres effrayent sincèrement. Sous les réverbères, ils rôdent : polaks, rabouins, vieux nègres, chicanos — tous rebuts de garnis, de chambres louches et d'hôtels borgnes. Ils sont tous là, tapis dans les encoignures, enrobés de fumée, habillés de blanc, prêts à toutes les déraisons. Black pride. Kill Khomeiny. Banque du sang. Plaisir Gay. No entrance. Dieu seul est notre juge. Lollipop, la petite fille au corps de femme, passe. Elle défile devant eux. Juchée vertigineuse sur ses talons rouges, elle suce un sucre d'orge. Sa langue est vive. Sa langue est rose. Elle a quatorze ans. Elle passe devant eux. Elle leur délivre un certificat d'existence. Solidarnosc. Love above all. Allah Akbar. Maridope. Cobra-Shit. Exocet. Chaleur. Rires. Gloussements d'envie. Graffiti. Dans chaque renfoncement de la rue, les types ont des folies qui sortent de leurs bouches. Queues gonflées à l'air de Central Park.

Taxi driver. Hardcore. Chicago urgence. Miami terror. Une balle dans le canon. Dollar. Police Power.

Ils savent tous que la nuit sera bientôt là.

Au bout de la 42e Rue, cent bars s'illuminent à la fois. La fille avec la robe en éventail change de trottoir. Elle prend les reflets de néon. C'est le bleu qui domine sur ses paupières. Elle a des joues en bonne santé. Des lèvres enfantines.

Lollipop suce son foutu sucre d'orge.

Derrière le pare-brise d'une Buick Electra louée sous un faux nom, un homme la suit du regard. Il a une tête de milicien, l'usure au coin des yeux. Au fond de sa poche, il tient un revolver dans son poing fermé.

Lollipop entre au Bar à Joe.

Ne me demandez pas où se trouve ce sacré rade. Il est à Hambourg, à Caracas. A Calcutta ou à New York. Il est où vous voulez. D'ailleurs, si vous préférez, c'est une phrase en anglais qui court dans la tête de Lollipop. Ou une phrase en chinois, ou je ne sais quoi en portugais. Peu importe la phrase. A L.-A.-sur-Iboga ou à Paris-pommes-frites, il y a toujours un Bar à Joe. Bouis-bouis entre parenthèses ou mouillages extra-dry, ils offrent des prises fermes aux mains désespérées qui se tendent vers des boissons embuées.

Car Joe est toujours quelque part. Complice ou simple témoin, il est partout. Au bout du monde. Au coin de la rue. Il a mille visages. Et d'ailleurs, que le barman soit gominé ou laconique, attentif ou insomniaque, ne change rien à l'affaire. Ce qui compte, c'est qu'il soit là. Ce qui compte, c'est que c'est vers lui que Lollipop se dirige. Elle a une phrase en n'importe quelle langue dans la tête. Le barman saura comprendre.

Après tout, il est Joe. Indiscutablement Joe. Il est celui qui ouvre le bar tous les jours. Ici, on purge les passions jusqu'au petit matin café-blême. A l'aube, merci Joe de balayer nos chiures, nos fantasmes, nos cris et nos bouts filtres. Il faudra bien repartir. La foule nous absorbera de nouveau. Comme le jour sera long jusqu'au soir !

Lollipop ne se trompe pas. Elle suce un sucre d'orge. Elle a un corps de femme. Elle a une phrase en portugais dans la tête. Elle parle à Joe.

« Encontro me numa ma' situaçao. » Mais elle aurait pu dire : « Je suis dans une mauvaise situation. » Ou simplement : « Can you help me ? »

Ce soir, Joe sera un vieux nègre. Il parlera huit langues. Il regardera la fille avec sa robe en éventail. Il sera en train de préparer un cocktail. Il répondra : « Uma doença fa'cil de curar. O que lhe falta ?... »

« C'est une maladie facile à soigner. Qu'est-ce qui vous manque ?... »

Lollipop mettra sa main sur ses seins. Un geste de protection. Elle rira derrière son sucre d'orge. Elle fera tourner sa frange en secouant la tête. Elle dira :

« Subo para o segundo andar ? » « Je monte au deuxième étage ? » Joe fera signe qu'elle peut monter. Il se désintéressera soudain d'elle. Il se dirigera vers le perco. Dans un chuintement arabica, il regardera en douce les longues jambes de la fille faire colimaçon dans l'escalier qui mène aux chambres.

Joe aura le sourire des tristes. Un fil étroit dessiné sur le visage. En sniffant une ligne, il fixera avec indulgence tous ces gens qui ont dérivé jusqu'à lui. Qui n'a pas poussé ce genre de porte un jour ou l'autre ? Il suffit d'avoir eu sur la langue un avant-goût de sang. L'incertitude de l'avenir. Le tracas de la chair. Le désir de l'herbe. La peur du meurtre qui rôde. Ou l'angoisse. Tout simplement l'angoisse de n'appartenir à rien.

L'homme avec un revolver dans sa poche vient de s'encadrer à son tour dans la porte du bar. Joe lève ses yeux jaunes sur le nouveau venu. Il porte des lunettes noires qui interdisent l'accès de son regard. Il a une mauvaise barbe. Un béret sur la tête. Un passé moyen oriental et les ongles plutôt sales. Demain, il tirera sur le président des Etats-Unis. Il s'avance vers le bar. Il pose cinq dollars devant lui et parle en mauvais anglais. Joe montre du doigt les étages. Avant de tourner les talons, le tueur dit que merci négro.

Joe cueille une serpillière et éponge la bière sur le zinc. Ici, tout est sale pour toute la nuit. Il empoche les cinq dollars. La négritude de Joe, soudain, lui colle à la peau. S'il sortait, au premier coin de rue, on la lui jetterait à la gueule. Vieux nègre ! Vieux con ! A chaque coin de rue idem. Même litanie. Des gens qui se sentent différents : sales juifs. Sales pédés. Sales camés. Sales catins. Sales chômeurs. Sales, sales, sales.

Et la fille au sucre d'orge dans tout ça ? Son rire était si rose. Ses seins étaient si hauts. Ses jambes étaient si longues. Joe ferme les yeux. Quand il les rouvre, il a changé. Pourquoi s'en faire pour les autres ? Une bière, monsieur ? La voilà. Un scotch ? Il est là. Coke ? Mandrax ? Repassez dans dix minutes. De l'eau ? J'en vends pas, mal blanc ! Chacun pour soi. C'est toute la justification du bar à Joe. Ici commence le purgatoire, pas le ciel étoilé. Dieu est-il un tabouret de bar ? La réponse est non : le bar à Joe est juste l'entre-deux-malheurs.

Là-haut, Lollipop attend. La chambre est petite. La fille est étendue sur le lit. Elle est nue. Elle s'est lavé le ventre. Elle a encore les mains fraîches.

Elle suce un sucre d'orge.

La porte vient de s'ouvrir. L'homme qui la regarde sourit sous ses lunettes noires. Quand il les enlève, il a l'air fatigué. Dehors, l'orage éclate. Tonnerre à la sono et pluie à la rythmique. Sans dire un mot, l'homme visse un silencieux sur son arme. Il tire une seule fois. Lollipop prend l'air fâché et laisse retomber ses mains avec une fatigue extrême. Le sucre d'orge reste dans sa bouche. L'homme ferme la porte à clé. Il éteint la lumière. Il retire son pantalon et garde son maillot de corps. Il entre son sexe dans celui de la petite fille. Il assume deux fois de suite sa sexualité. Il le fait sans joie. Par hygiène. Juste pour trouver le calme. A la veille d'un assassinat, il faut avoir des nerfs d'acier. Etre bien dans son corps. Quand c'est fini, il se rejette sur le côté.

A la lumière alternative d'une enseigne de néon, il regarde la fille aux seins si hauts. Il soulève sa frange sur son mauvais front bombé. Elle a les sourcils qui se touchent presque. Et juste, au-dessus, un vilain petit trou noir. L'homme sourit. Il ne la connaissait pas. Il ne lui voulait aucun mal. Simplement c'est la règle : à la veille d'un attentat, un terroriste ne laisse pas de témoin derrière lui.

En bas, il est deux heures du matin. Tout un peuple d'interlopes silhouettes se presse autour du bar. Dérives inavouables vers des havres temporaires. L'alcool réchauffe l'amour. Bars à Joe, rendez-vous avec des êtres et des bouteilles. Chaleur, famille presque.

Dehors, l'orage vient de cesser son jazz. La pluie range ses baguettes dans le caniveau. Une eau noire, surgie de l'asphalte, court et se rejoint elle-même. Elle grossit et s'enfle au détour des égouts.

Dans le bar, les gens se taisent. Ils écoutent passer l'eau de vaisselle des hommes. Mégots, étrons, chewing-gum, tout doit disparaître. Au deuxième étage, dans la petite chambre, l'homme qui tuera le président sourit. Il goûte la paix qui s'est installée dans ses muscles. A petites goulées, il aspire l'âcre fumée d'une cigarette turque. Il garde la cendre dans sa main et sent l'envie de baiser qui le reprend. A côté de lui, la peau de Lollipop est blanche à faire peur.

Derrière la buée des vitres, hurlent les chacals à gyrophares, voitures de patrouille : l'*ordre.* L'ordre bleuté des flicards. Pleins pouvoirs sur les rattrapés-vifs. Capable d'exiger les identités. De fouiller les passés. D'emprisonner. D'interroger. De tabasser. De torturer. L'ordre, toujours annonciateur de la tyrannie.

Kamal le tueur ferme les yeux et remue lentement sa queue dans le ventre de la morte. Dieu, comme il se sent à l'abri !

Les sirènes décroissent et se rejoignent. Elles filent au bout de la rue et tournent vers l'est pour affoler Harlem.

Deux étages plus bas, le murmure reprend dans la salle du Bar à Joe. Table après table. Visages creusés d'ombres et d'angoisse. Cliquetis des verres. Sous les banquettes, des pieds qui se cherchent. Pieds nus à albuplast. Chaussures sans pieds. Bière renversée. Journaux porteurs de catastrophes. Juke-boxes illusoires. Fumée compensatoire. Rêve à tout prix. Regards qui se veulent. Paupières closes par la révolte. Douleurs internes. Spasmes. Toux. Peur du cancer. Boulimie du désespoir. Comment vivre sa condition ?

Le brouhaha qui reprend. Joe derrière son bar. Un homme qui tâte son rasoir dans sa poche. Encore un daikiri. Une thune dans le bastringue. Bessie Smith qui pousse un cri en système dolby. Chacun pour soi. Les êtres reprennent leur déroutant chemin vers eux-mêmes. Celle-ci qui est au bar et ses chats à la maison sans rien à manger. La fille Johnson avec ses gros nénés. Le manager qui se la tape en lousdé. Le cireur de chaussures à genoux devant les pontes. Fric. Injustice. Dix cents, le salaire de la honte. Pauvre con à médailles !. Pauvre nègre à mitraille ! Cire ! Cire les pompes ! Tends l'oreille ! Ecoute le ronron de la solitude ! Raff qui est cocu par le manager en délire. Joe qui a mal, l'estomac en descente. Un vieux débris tout au bout de la pente. Un type de couleur avec un air fou dans la tête, petite note lancinante. *Fa, fa ! Fa la do !* Une effeuilleuse à gauche et rien sur le dos. Une cubaine sans visage que son tabouret maintient comme une plante. A moins que ce ne soit sa gaine. *Fa la do ! Fa la do,* again ! Le cireur de chaussures qui se dresse. Jonathan Jones, ancien combattant, nègre en smoking et décorations. Distinguished cross et bataclan, autrefois battledress. Et ras des chaussettes, ses guerres qu'il radote. Sa 45 avec palmes. Sa Coréenne. Sa Vietnamienne. Toutes batailles périmées. Des morts pour pas grand-chose devant des pieds bien chaussés. Daikiris et cigarettes espagnoles. Cruelle indifférence. Un flic flasque lève un tapin nègre et monte au rade. Une blanche Ricaine lamée dans un fourreau-parade apparaît. Sertie-vive à diamants, préménopausée, elle couve des yeux les junkies, les funkies, les fêtards. Trois pochettes d'allumettes plus loin, Johnny Walker avec sa canne et son chapeau sort vivant du dernier renvoi d'un vieillard. Au coude à corps, deux intellos calcinés charbonnent leur sexualité à voix basse. Ensor versus Grünewald sur des aphorismes de Malraux. Et deux paquets de blondes dans le cendrier. L'orchestre entame un tango décisif. Quelqu'un parle d'aller dîner dans un restau chilien à trente dollars l'assiette. Une high brown girl éclate d'un rire de fièvre. Joe dit qu'il est tard et qu'il faut fermer.

Et tous ces gens, éclaboussés de pans de lumière, torturés d'ombres, ourlés d'angoisses, se crient des horreurs abominables. Bouches démesurées pour cracher la vie, pour hurler la peine, pour sucer la pomme. Ils se lèvent lourdement. L'âme peinte sur le visage et Bacon contretypé en noir et blanc sur le corps, ils sortent dans la rue. Ils se tordent les mains.

Six heures du matin. Le soleil est revenu. La ville a bu l'orage. Le tueur s'est enfui par les toits. Les éboueurs arrosent lentement les trottoirs. Une femme mord dans un sandwich. Une voiture de patrouille passe.

Dans sa chambre, Joe est couché sur un matelas.

Son corps est jeté sur le côté comme celui d'un nageur. Il fait un mauvais rêve. Il n'arrive pas à baiser une fille parce qu'elle suce un sucre d'orge et qu'elle a une tête de milicien.

A trois blocs de là, un délateur se tire une balle dans la bouche. Un bébé naît par le siège. En attendant le métro, un type siffle une note lancinante. *Fa la, fa la do!* Un enfant obèse rentre chez sa sœur. Sur son tee-shirt, on peut lire : WHO AM I?

Rire de femme avant l'orage

à Jacques Tardi

« *Un homme est la somme de ses propres malheurs. On pourrait penser que le malheur finirait un jour par se lasser, mais alors c'est le temps qui devient votre propre malheur.* »

William FAULKNER, *Le Bruit et la fureur*

Un jour, toute la ville s'était écroulée. Empire State Building. First National City Bank Building. Et même Chrysler Building. Toute la maudite architecture s'y était mise. Des tonnes et des tonnes de ferraille. Du béton par pans entiers. Et tout le saint-frusquin de reflets et d'étages. Du verre et des nuages. De l'acier et du pouvoir. De l'ambition et des années d'expérience. Tout cela s'était cassé la gueule.

Harry l'avait vu. Il y avait assisté. Vrai de vrai. Au travers de son pare-brise. Yellow-cab en perdition. Circulation épaisse. Dix-huit heures. Taxi-driver en déroute.

D'un coup, sa tête avait craqué. Une névralgie lui avait fissuré la tempe. Elle avait piqué droit sur le nerf optique et le fond de son oreille s'était mis à battre. Sammy's Bowery Follies déferlant sur tout son pauvre crâne. Tout un cortège de douleur vêtu d'un vieux boa qui levait la jambe derrière sa nuque. Un mal de chien. Une danseuse ressurgie du passé. Balle dum-dum enfermée dans sa chair. Etrange et familière. Visage de guerre ficelé dans une croûte de fard. La vieille artiste poussait des « youpi » insoutenables dans son cerveau. Tap tap la cadence. Tap tap à hurler. La vioque levait la jambe. Cancan du désespoir. Chairs tordues. Trois mois de coma. Harry laissé pour mort. Distinguished cross. Cette balle qu'on ne parvenait pas à extraire et qui, d'un seul coup, était à nouveau là.

Harry avait si mal.

Il avait appuyé sur le frein comme un dingue. L'Oldsmobile avait piqué du nez vers une bouche d'aération. Jamais eu mal comme ça. A s'enfoncer les doigts dans la bouche. A pleurer. A vomir. Ah ! Et c'est à ce moment-là que le Lever Building lui avait donné l'impression de se pencher pour voir de quoi il retournait. Et tout le bloc. Tout le damné quartier, qui s'était mis à faire kaléidoscope. Des carrés, des triangles avec de drôles de petites lumières, sur toile de ciel noir.

Celui-là, d'ailleurs, le ciel, semblait pris d'une drôle d'hystérie. Gigue de vapeur. Une mouvance accélérée qui accumulait une méchanceté de nuages peu commune. Vacherie d'orage en préparation. Un grondement bleuté, sorte d'ourlet électrique, au ras des façades. Une moiteur extraordinaire.

Et cette conne de blonde. Avec ses seins épanouis, ses dents du bonheur, elle s'était mise à rire au fond du taxi. A rire. A rire. Le ventre agité de spasmes verticaux et ses cuisses blanches qui s'écartaient. La merde si c'était pas ça, la misère. Un marasme encore plus profond que la trouille aux boyaux. Celle qui vous prenait immanquablement quand vous deviez vous battre à l'arme blanche contre les Viets.

La fille salope qui riait. La douleur-boule qui foudroyait. Et le premier éclair qui dévalait tout droit, comme un bistouri à laser, charcutant Manhattan à cœur ouvert.

Jésus, la douleur ! Cette sensation fulgurante d'être quelqu'un d'autre, de regarder un monde cassé. Névralgie encore. L'œil qui devient une vrille et vous fraise la gueule jusqu'à l'intérieur de la bouche. Les contours qui se gomment. Un trou noir avec des étincelles. Et maintenant, en serrant les dents, en fermant les poings, le Seagran Building qui s'émiette au-dessus de la 53e Rue.

Harry avait si mal.

Il avait garé son putain de taxi en quatrième vitesse sur le trottoir. Il avait ouvert la portière et merde, il avait tout abandonné. Tout. La blonde qui riait toujours sur les coussins de l'Oldsmobile et même sa recette de la journée. Vous pensez, il courait. Il courait pour sa vie sur l'asphalte brûlant. C'était comme à Quang TRI, napalm et bombes à billes, quand la balle explosive l'avait rattrapé. Macadam-douleur. Macadam-folie. Viêt-nam-dum-dum. 1967, une balle dans la nuque.

Incroyable comme toute cette bouillasse noire fondait sous les baskets. Les escaliers de métal flambaient sur les façades des gratte-ciel.

Il courait. Depuis, il courait.

Voyons voir. C'était arrivé un mardi. Un con de mardi pas plus important qu'un autre. Juste avant l'orage. Ça oui, juste avant l'orage.

Harry avait chargé cette fille blonde. Au premier abord, à part un œil de chaque couleur, il ne lui avait rien trouvé. Rien. Les yeux pers et juste des auréoles de transpiration qui envahissaient son corsage. Et puis, si. Elle avait une grande bouche pour parler. Mais de là à avoir envie de la tuer, il y avait un foutu kilométrage. Merde, des kilomètres de piste. Beaucoup de poussière. Des kilotonnes de bombes à billes. Beaucoup de bruit. New York, cette ville, rien que de la fureur.

Harry s'était détourné. Il avait mis le compteur à zéro. Qu'est-ce qu'elle avait dit déjà ? Elle s'était jetée sur la banquette avant à côté de lui. Elle avait soupiré. Son rouge à lèvres brillait féroce. Elle avait dit :

— Ça ne vous dérange pas que je vienne près de vous ? A l'arrière j'ai toujours mal au cœur...

Elle avait dit aussi :

— Au Waldorf Astoria.

Et Harry l'avait classée. Poule de troisième catégorie. Le genre qui devait être réservé une semaine à l'avance par un marchand de blé du Middlewest.

Il avait démarré et elle avait tout de suite dit quelque chose au sujet de ses cheveux qui étaient salement courts. Et un baratin au sujet de l'hygiène, elle savait bien dans les Marines, parce que son petit frère, Mickey, avait servi en Indochine.

Il avait demandé à quoi elle voyait ça, qu'il y était allé. Elle avait haussé les épaules et déplacé son peigne dans ses cheveux en disant que pas malin à deviner, la tristesse, et qu'il n'y avait qu'à regarder le tatouage sur son bras et aussi la cicatrice qui lui mordait la nuque jusqu'à l'épaule.

En même temps qu'elle parlait de son frangin qui avait eu moins de chance et qui défilait souvent autour de la Maison-Blanche poussé dans un chariot en brandissant une pancarte au sujet de plus de guerre, elle avait dégrafé son putain de corsage. En disant que Mickey, le pauvre, ça ne lui rendait pas ses jambes fauchées pour cause de mine antipersonnelle, elle s'était mise à s'essuyer les seins. Elle ne portait pas de brassière. C'est fou ce qu'elle avait la peau blanche. Des auréoles brunâtres ciblaient sa poitrine. Deux médailles de plaisir. Harry croyait bien avoir gloussé en les voyant apparaître. La blonde ne l'avait pas mal pris. Elle avait dit :

— Taxi, vous devez en voir de toutes les sortes, non ?

Mais Harry n'avait pas répondu. Parce qu'il repensait au thorax toujours infecté du sergent Steelman, son chef de section. Un type vraiment foldingue, qui épinglait toujours ses décorations à même la peau en allant au combat. Un bataclan de pièges à con qui accrochait la lumière. A cette heure même, Steelman était une croix blanche sous un gazon bien entretenu de Baltimore.

Harry conduisait vite, avec des gestes nerveux. C'est fou ce que cette blonde avait la peau blanche.

— Mickey s'est mis au tir à l'arc, dit-elle soudain. Il a les cheveux en catogan et sa voix a changé. Une grande douceur quand il chante. Mais au fond de lui-même, sûr qu'il est en colère... Putain de chaleur, non ?

Elle l'avait regardé et elle avait ouvert sa grande bouche pour dire d'autres conneries à la noix. Genre en montrant ses seins :

— Tu m'en veux pas taxi-joli ? Je fais comme si je partageais tous les jours mes draps avec toi, mais c'est parce qu'il fait si chaud et qu'on est mal. Tu trouves pas ?...

— Qu'on est mal ?

— Oui. Que la chaleur donne tous les droits.

Des conneries, quoi. Elle avait rigolé. C'était un drôle de sport, ses seins qui bondissaient. Elle cherchait le vent le long de la vitre baissée. Harry avait ralenti. Il se sentait de mauvaise humeur. La blonde faisait vraiment comme chez elle. Elle avait retiré ses talons hauts. Elle parlait. Elle parlait.

— Je suis pompante, hein ? Hein que je suis lourde à porter ? C'est plus fort que moi. Je ne suis pas costaud-costaud. Fragile, si tu veux. J'ai pas l'air ? T'y trompe pas ! J'ai pas de forces ! Le sang qui fout le camp !

Putain-merde, Harry n'en avait rien à mesurer.

Des gonzesses comme ça, il s'en cirait les rangers. Il s'absorba dans sa conduite, qu'elle lui lâche le plexus, merde. Parce que rien qu'à l'entendre, il se nouait à vue d'œil. Déjà, il sentait, c'était tout dur autour de sa gorge. Il respirait mal. Il pensa furtivement à la baïonnette qui était enfermée dans le vide-poches, juste en dessous de sa licence de chauffeur. Il y jeta un coup d'œil. La blonde prit ça pour elle.

— Tu me crois pas? dit-elle. Je te jure, mes analyses de sang sont pas fameuses... J'ai ma V.S. qui déconne!

— V.S.? demanda Harry, mais il pensait à la dernière gonzesse qu'il avait baisée.

— Vitesse de sédimentation, dit la blonde. Les globules blancs, j'en ai trop.

Harry ne répondit pas. Il était ailleurs. Il était dans un motel. En face de lui, il y avait cette foutue Portoricaine qu'il avait levée au Palladium Ballroom. Une sacrée fille, qui dansait aussi bien que dans *West-Side Story*.

Elle lui avait promis le bonheur la tête en bas pour une poignée de dollars. Et maintenant, il lisait le journal du jour en face d'elle. C'était le 13 novembre 1974. Il se le rappelait parfaitement. Le 13 novembre, un samedi. Il était torse nu, bungalow 14. Il lisait le journal et la fille était dans la ruelle du lit. Elle faisait tout ce qui était en son pouvoir avec sa langue pour mériter sa réputation. Harry se laissait faire. Il relisait pour la troisième fois une phrase qui disait exactement : « Je viens à vous avec un rameau d'olivier dans la main gauche et une arme dans la droite. Ne faites pas tomber le rameau d'olivier. » C'était une putain de déclaration que Yasser Arafat venait de faire à la tribune de l'O.N.U., et Harry ne l'oublierait jamais. Putain de phrase, qu'il avait relue trois fois. Trois fois parce qu'il voulait donner toutes ses chances à la fille. Et dès qu'il avait replié le journal, il avait tué la Portoricaine. Jamais plus il ne banderait.

Soudain, il se détourna. Il sourit pour s'excuser de son absence.

— Il vaut mieux ça que de se couper la petite veine bleue, dit la blonde à côté de lui.

— Moi, ça m'est égal, dit Harry.

Il n'avait rien écouté de ce qu'elle avait dit auparavant.

— T'es un drôle de type, dit la blonde. Drôlement touchant.

Il la regarda en douce. Elle avait retroussé sa jupe et posé une main sur sa cuisse. Sa peau, c'était du lait entre les jambes. Du lait.

— J'ai soif, dit Harry. Et après, je voudrais bien te baiser.

— Pas de ça, Max, dit la fille.

— Harry, corrigea-t-il.

— Moi, c'est Cindy, dit la fille. On peut se voir si tu veux, mais d'abord, il faut que je gagne mon blé.

— C'est maintenant que j'ai envie, dit Harry.

Son cœur faisait des poids et haltères sous son tee-shirt.

— Impossible, dit Cindy. On m'attend à l'hôtel.

Elle déplaça son peigne dans ses cheveux.

— Baise-moi, dit Harry.

— Jamais avant l'orage, dit la blonde.

Elle ouvrit sa bouche pour rire.

— Ta gueule, dit Harry. Le connard qui t'achète peut bien attendre.

— Le connard qui m'attend me fait gagner ma croûte.

— Je parie que c'est un marchand de vaches du Minnesota, le genre de gros lard qui habite les étages du bas...

— Perdu, taxi-joli, dit la blonde, je ne vais pas au Waldorf du bas, je vais 50e Rue et je grimpe aux Towers.

— Ici ou là, tu vends ton cul...

— Encore perdu, beau militaire. Je suis femme de chambre. Au 38e étage, figure-toi. Et tu sais ce que ça veut dire, minable ? Ça veut dire que j'ai débuté au 15e, il y a six ans et que maintenant, je me fais des pourboires de cent dollars et plus...

— Okay, je t'offre les foutus cent dollars.

— T'es pas compétitif, petit soldat, dit la fille. Fayçal d'Arabie me donne cent cinquante dollars pour que je lui rende ses slips bien repassés.

— Cent cinquante, dit Harry.

— Pas la peine. T'as une belle gueule et je fais ça

pour mon petit frère Mickey. Viens me chercher ce soir.

— Deux cents, dit Harry. Cash.

Ses yeux étaient rouges.

— Pas besoin, je te dis, puisque tu me plais. Après minuit, je rase gratis.

— Ma recette de la journée, si tu veux, s'emporta-t-il.

Sa nuque lui faisait mal.

— T'es louf, hein ? dit la blonde. Et me regarde pas comme ça.

— Maintenant, dit Harry.

Il pensait à la baïonnette.

— Eh bien toi ! mince d'urgence, dit Cindy. On dirait un blessé de la route.

— J'ai besoin de toi, dit Harry.

Il avait l'air suppliant. Sa nuque battait de plus en plus. Dehors, New York fondait.

La blonde le dévisageait avec une sorte d'étonnement. Elle cherchait à comprendre.

— Fais voir, dit-elle soudain. Elle referma sa main potelée sur le ventre de Harry. Ce qu'elle trouva sembla la dérouter. Ses yeux bleus se mirent à bouger rapidement avant qu'elle ne réagisse. Puis, d'un seul coup, elle se mit à rire. A rire. Cindy avait des larmes dans les yeux et elle riait. Harry avait retiré sa casquette. Il en essuyait machinalement le bord intérieur. Cindy avait des dents éclaboussantes de santé. Un filet de salive reliait ses deux mâchoires. Et Jésus, c'était arrivé. Exactement comme il redoutait.

Son front s'était couvert de sueur. Il avait levé la tête. Et c'était arrivé. Dum-dum. La ville qui avait basculé. Toute la ville qui était devenue un jeu de cubes et de lignes brisées. Et il avait sorti sa baïonnette. A cause d'un rire de femme, juste avant l'orage...

Depuis, il courait.

La pluie avait tout rafraîchi. Il avait dormi sur un banc. Il avait une barbe de deux jours. Sa tête lui faisait de moins en moins mal. Si les flics ne le rattrapaient pas, cette étrange vie mitée pouvait encore bien durer dix ans.

Il avait envie de se laver les dents.

Nuit carnivore

à Claudine Lemaire

« Je me fais l'effet d'essayer de vous raconter un rêve et de n'y pas réussir, parce qu'aucun récit ne peut rendre la sensation de rêve, ce mélange d'absurdité, de surprise, d'ahurissement dans l'angoisse qui se révolte, cette sensation d'être en proie à l'incroyable, qui est l'essence même du rêve. »

Joseph CONRAD

Harvey French dépassa la cabine téléphonique en verre. Au passage, il remarqua un homme jeune qui s'y abritait. Le visage de l'inconnu était dévoré par une barbe rousse. Il regardait fixement vers le large. Un walkman lui casquait les oreilles et ses yeux semblaient agrandis par le rêve.

Harvey releva sa manière bizarre de s'appuyer contre la vitre et aussi l'angle que faisait sa nuque avec le reste de son corps. Il sentit confusément en lui la nécessité de retourner sur ses pas, d'aller parler à l'étranger, mais un papier gras poussé par le vent surgit de sa droite et attira son attention en se plaquant contre ses jambes. C'était un journal de la veille qui avait servi à entourer des frites. Et sa propre photo s'étalait à la une.

Harvey frissonna malgré lui et s'en débarrassa d'un coup de pied. Il se remit en marche et courba la tête sous la rage de l'averse.

Au début du parapet, la mer lui parut faire deux ou trois sauts désordonnés contre les rochers du centre héliomarin. Elle reprit ensuite le cours habituel de ses rouleaux gris. Une routine de mauvais temps, et le vent qui soufflait toujours du nord-ouest. Huit jours que durait la tempête.

Harvey se hâta en boitillant. Le rendez-vous était sur la plage. Sur la plage, comme d'habitude. Il descendit les escaliers de béton et le mauvais passage sur les galets lui parut un enfer pour sa cheville. Bien sûr, sa fracture allait mieux, et Harvey se déplaçait sans canne, mais, bon dieu, comme il s'en voulait d'avoir sauté par la fenêtre, ce fameux samedi. Trois mois déjà qu'il s'était brisé la malléole externe. Pour un cambrioleur de son espèce, il n'y avait indiscutablement pas de pire handicap.

Il fixa un point situé tout au bout de la grève. Une silhouette mauve sembla naître insensiblement du chaos de granit : Kate, comme tirée au bout de son écharpe par le vent, et qui se hâtait au-devant de lui...

Harvey pouvait imaginer son visage mobile entouré de mousseline et l'arête aiguë de son nez. Ses grands yeux bleus, noyés de larmes de froid. Et ses mains qu'elle glisserait aussitôt dans les siennes : « Réchauffez-moi, Harvey. Mettez-moi dans vos bras. Donnez-moi votre vie pour supporter la mienne. » Le genre d'inepties qu'elle lui débitait sans cesse.

Et lui, s'efforçant de paraître toujours affable, attentif, prêt à protéger sa fragilité, se prêterait à l'étrange cérémonie. Il deviendrait, le temps d'une promenade, le compagnon de Mrs. Katherine Gentlegallows. L'amoureux transi « de l'autre bout de la plage », le quadragénaire qui cherche à séduire une riche divorcée et à profiter de sa bonne fortune pour lui arracher un rendez-vous chez elle.

Harvey sourit et chassa la pluie qui débordait ses sourcils et sa moustache.

La silhouette de Kate se faisait plus proche. Elle longeait maintenant la ligne de goémon déposée par la marée. Harvey répondit à son signe de main.

Comment s'étaient-ils rencontrés ? Pourquoi étaient-ils là en plein hiver ? Qu'est-ce qui peut pousser deux êtres aussi différents à venir s'enterrer dans une station balnéaire de quatrième catégorie ? Le matin même, Harvey avait décrit la situation à sa maîtresse et associée, Lily Floyd. Il lui avait envoyé poste restante une lettre écrite d'une large écriture violette :

« Chère Tiger-Lily, ma blessure se consolide. Je mange des confitures en pensant à des jours meilleurs. A y regarder de plus près, la Bretagne ressemble un peu à l'Angleterre.

« En fait, ton thé et tes canailleries du Sussex me manquent par-dessus tout. Je ne pense pas qu'il soit prudent pour le moment que je revienne à Londres. La police n'oublie pas vite les gens de mon espèce. Pour tout dire, hier, ma photo s'étalait dans un quotidien français. C'est maintenant des deux côtés de l'eau qu'ils ont l'air de me chercher. Et le seul fait que je boite constitue une ébauche de signalement qui pourrait bien m'être fatal.

« Tu me diras qu'il est toujours possible de rester

dans un trou et de n'en point sortir. Mais tu me connais assez, Tiger-Lily, pour savoir combien je suis remuant et comme je supporte mal l'inaction.

« Bien sûr, il n'est pas question, ici, dans cette petite station balnéaire battue par un mauvais courant qui vient se briser sur les rochers roses, d'entreprendre de mirifiques affaires... Inutile d'envisager l'escalade de la face nord d'un hôtel international pour vider les chambres de quelques milliardaires : il n'y en a pas. De plus, ma jambe me l'interdit (bien que, chaque matin, je pratique une demi-heure d'escalade sur les récifs).

« Alors, pour rompre la solitude, j'ai fait la connaissance d'une femme divorcée. Elle est plutôt laide, sauf quand elle rit. Mais, rassure-toi, j'essaye de ne jamais faire preuve d'humour en sa présence. D'ailleurs, nos rapports sont chastes.

« En fait, mon intérêt pour elle s'est sensiblement renforcé depuis que je me suis rendu compte qu'elle était plus riche que je ne m'y attendais... J'ajouterai même que, depuis hier, je sais qu'elle possède quelques diamants aux proportions tout à fait honnêtes et que Mr. Gentlegallows, le vieil alcoolique qui lui servait de mari, a fait fortune au cours d'un assez long séjour en Angola. C'est d'ailleurs en signe de séparation durable que ce gentleman étiquette noire a fait cadeau à sa femme de la plupart des bijoux qu'elle possède — en particulier une bague dont la seule pierre pèse bien huit carats et de la plus belle eau.

« Voilà, n'est-il pas, qui justifie amplement nos " promenades au phare " ? Quant à Mr. Gentlegal-

lows, j'en finirai avec lui en posant la question misogyne que tu attends : peut-on reprocher à un homme usé de préférer la fréquentation du whisky à celle de son épouse ?

« Toujours est-il qu'à défaut d'escalader le balcon de la dame, je suis bien résolu à m'installer sur son sofa. Sa langueur, sa solitude, les compliments que je lui fais, tout me conforte dans l'idée que j'aurai la permission de m'y allonger d'ici le week-end...

« Rien ne s'opposerait plus alors à ce que nous nous rejoignions sur la Riviera que tu affectionnes tant. J'aurai, il va de soi, avec moi les bijoux de la personne en question. Leur vente devrait largement pourvoir à ton installation dans un palace de ton choix. Et je ne vois décidément pas ce qui s'opposerait à ce que reprenne notre si précieuse association de malfaiteurs. Qu'en penses-tu, Tiger-Lily ?

« Je n'y trouve, pour ma part, que des avantages, d'autant que, faut-il le répéter, je demeure très attaché à l'idée de ton corps depuis Casablanca. Cette nuit folle a gravé à jamais les contours de tes formes dans ma pauvre tête galloise, des formes, Tiger-Lily, qui me hantent et font de moi pour toujours,

« ton très fidèle et très soumis,
Harvey French. »

« P.S. La petite pension de famille qui m'abrite ne me connaît que sous le nom de Stanley Cork. »

Une bouffée de vent souleva les cheveux de Harvey et Kate Gentlegallows se jeta dans ses bras. Elle claquait des dents. Elle semblait très émue. Elle dit en posant ses mains sur son torse :

— Réchauffez-moi, Harvey. Mettez-moi tout au fond de vos bras. Prêtez-moi votre instinct de vie pour trouver le courage de supporter la mienne.

Ses inepties qui la reprenaient.

Il l'embrassa. C'était la première fois. Elle s'abandonna tout de suite. Et tout entière. Elle avait une langue impérative. Une langue de fourmilier.

Quand Harvey rouvrit les yeux, il rencontra les siens. Ils étaient grands. Excessivement attentifs. De près, la pluie donnait à son visage un teint translucide. Il remarqua une minuscule veine bleue qui se perdait dans sa tempe. Après, elle était mangée par le lourd casque de ses cheveux.

Il lui prit la main et ils marchèrent sans parler. Elle ramassa un galet et referma sa main dessus. Elle s'arrêta et le fixa. Elle dit :

— Qui êtes-vous exactement, Mister Cork ?

Il hésita sur la réponse à faire, lissa sa moustache récente, et prit le parti d'en rire :

— Mais... je suis exactement la même personne qu'hier, Kate. Un célibataire endurci qui aime par-dessus tout la solitude et qui s'en veut d'avoir été troublé par vous.

Elle rouvrit la main sans laisser tomber son galet.

— Inutile de mentir, dit-elle. Vous êtes ce salaud de Harvey French ! Et la police est après vous depuis ce coup manqué chez la nièce de la Princesse de Galles.

— Oooh... Coulé, sous-marin, admit-il.

— Je vous ai vu sur le journal, dit la jeune femme.

Elle recula d'un pas et le vent plaqua ses cheveux en arrière.

— Très bien, dit Harvey, vous savez qui je suis. Et après, que se passe-t-il ?

— Après ? dit Kate Gentlegallows. Elle se remit à marcher en direction du parapet. Après, répéta-t-elle, vous n'avez pas le choix. Vous allez faire, je suppose, exactement tout ce que je vais vous demander. Mes quatre volontés.

— Sinon ?

Elle se retourna aimablement.

— Sinon je vous dénonce, Harvey...

Elle semblait résolue. Harvey fixa la drôle de petite veine bleue qui continuait sa route obstinée au creux des cheveux noués en chignon. Elle restait de profil, avançant sans rien dire, contournant les galets, comme en proie à une profonde méditation. La découpe de son visage était volontaire. Agressé par le vent, il laissa surgir la forme bombée d'un front exigeant et pâle. Soudain, elle se tourna vers lui et demanda :

— Avez-vous toujours aussi envie de venir chez moi, Harvey ?

— Bien sûr, dit-il. Mes sentiments n'ont pas changé.

— Et puis, vous n'avez plus le choix, répéta-t-elle. Plus le choix !

Elle partit d'un étrange fou rire qui le mit mal à l'aise.

— Aimez-vous faire l'amour, Harvey ? demanda-t-elle encore comme s'il s'agissait d'une drôlerie irrésistible.

— Ma foi, je crois bien que la réponse est oui, bredouilla-t-il, mais il n'était plus sûr de rien.

— Viendriez-vous, chez moi, me faire l'amour autant de fois que je voudrais ? répéta Kate.

Elle avait pris un accent de vulgarité tout à fait inattendu et le regardait hardiment, comme pour le choquer. Comme pour le provoquer.

— C'est moi qui vous invite, dit Kate avec la même insolence. C'est moi qui vous invite. C'est moi qui décide. Et j'exige que vous commenciez vos visites dès que je ferai appel à vous.

Elle s'éloigna brusquement en direction des escaliers de béton. A mi-chemin, elle se retourna pour l'attendre. Elle fixait sa boiterie d'un air amusé. Elle dit :

— Venir chez moi, c'est bien ce que vous souhaitiez, n'est-ce pas ?

— Par amour, mentit Harvey.

— Bien sûr, dit Kate. Par amour. Je vous crois.

Elle respira comme si elle était oppressée. Et elle prit pied sur l'esplanade.

Ils marchèrent un moment côte à côte, perdus dans leurs pensées. Ils arrivèrent de la sorte jusqu'à la cabine téléphonique. Le jeune homme roux avait toujours la nuque qui faisait un angle bizarre avec son corps et ses yeux regardaient avidement le ciel.

Harvey s'arrêta net devant lui. En fixant le regard clair de l'étranger, il comprit qu'il regardait la Mort. Il étouffa un juron et claudiqua jusqu'à la cabine. Il ouvrit la porte d'un coup. Le vent entra derrière lui, une bourrasque furieuse. Insensiblement, le visage de l'inconnu s'affaissa vers l'avant. Il y eut un choc mat quand son front tapa contre la vitre, puis, son nez s'écrasa sur le verre et devint une sorte de plaque blanche de la taille d'une pièce de monnaie qui se mit insensiblement à glisser vers le bas. On aurait dit le talon d'un escargot suivant un chemin lent après l'orage.

Harvey ne bougeait pas. Il s'en sentait incapable. Juste son cerveau qui fonctionnait. Progressivement, ses yeux descendirent le long du corps affaissé. L'homme portait un short et une chemisette malgré le mauvais temps. Sa musculature était celle d'un sportif. Deux tubes de comprimés avaient roulé devant lui, sur la tablette. Ils s'étaient calés contre le pied d'un verre qui se trouvait près d'une bouteille d'Evian renversée. Par les écouteurs du walkman montait encore une vague musique nasillarde.

Mais, ce qui retint surtout l'attention de Harvey French, c'est le livre que le mort tenait encore dans sa main crispée. Un livre dont le titre bistre résumait le drame qui s'était joué : *Suicide Mode d'Emploi.*

— Il s'est... commença-t-il. Il avait tout prévu, ajouta-t-il en désignant le verre et la bouteille.

Mais la voix de Kate derrière lui interrompit net le cours de ses pensées et le fit sursauter. Mrs. Gentle-gallows avait les poings fermés. Elle semblait lutter pour conserver son équilibre. Une pâleur extrême déformait tout son visage. Elle paraissait fascinée par le spectacle qui s'offrait à eux. Elle dit, elle exigea :

— Harvey French, est-ce que vous voleriez ce livre au mort pour m'en faire cadeau ?

Le lendemain était un dimanche et Harvey se terrait dans sa chambre d'hôtel, un vrai bocal d'humidité. Dehors, il pleuvait et le vent hurlait sur le toit. Les yeux clos sur un reste de sommeil, il n'osait pas, malgré l'heure tardive, faire face au jour gris qui entrait par le vélux.

Environné de papier peint, il se sentait malade. Délicieusement malade en un sens. Et paralysé. Comme lorsqu'il était gosse du côté de Swansea. Comme lorsqu'il n'avait pas envie d'aller au collège et qu'il prétendait avoir cette fulgurante douleur au creux des reins. Et les bronches en feu. Dieu, qu'il toussait ! Exactement comme lorsqu'il attendait le docteur Bimbleton au fond de son lit en priant le ciel pour que la science soit compréhensive. Et qu'il était prêt à tous les sinapismes pour ne pas avoir à affronter la rue glacée et cette saleté d'Austin Baker qui mettait toujours des cailloux au centre de ses boules de neige.

Harvey était étendu sur le ventre lorsque le

téléphone sonna. C'était un vieil appareil mural avec une voix de tête qui l'interpellait. Avant de décrocher, il sut que c'était Kate qui allait se trouver au bout du fil. Il constata d'ailleurs qu'il s'était intimement préparé à cette fatalité. Pire, s'il est vrai qu'il la redoutait quelque peu, en même temps, il la souhaitait de toutes ses forces.

Kate portait en elle une odeur de destin.

Il tendit la main vers l'appareil mais suspendit volontairement son geste. Kate aurait sûrement sa voix impérieuse et il devrait se rendre chez elle. Après tout, il y avait fort à parier que si elle ne lui avait pas demandé de le faire la veille, c'était uniquement pour lui donner une dernière chance de décamper pendant la nuit.

Il sourit.

Il se demanda vaguement pourquoi il ne l'avait pas fait. Hein ? Qu'est-ce donc qui l'avait retenu de s'enfuir ? La curiosité ? La lassitude ? La conviction que Kate ne le dénoncerait pas ? A moins que ce ne fût tout simplement l'appât des bijoux.

Il regarda du côté du téléphone qui venait de se taire et ne sut pas se fournir de réponse convaincante. A la limite, il ne souhaitait pas avoir d'opinion. Une vacuité. Un engourdissement qui le surprenait lui-même. Lui donnait une sensation sourde d'angoisse inexplicable. Un peu comme si, inéluctablement, il devait en passer par un certain nombre de situations dont il n'était plus tout à fait le maître.

Il revit la scène de la veille, près de la cabine

téléphonique. Kate le fixant de son regard bleu malheur, avec une sorte de défi.

— A demain, n'est-ce pas, avait-elle dit. Je vais tout préparer pour vous recevoir...

Il avait baissé les yeux vers le sol. Elle avait brusquement tourné les talons, se sauvant et serrant précieusement le livre dans ses bras. Quand il avait relevé la tête, la silhouette de la jeune femme avait été comme bue par l'averse. Un ton grisé qui s'amenuisait puis avait fini par disparaître tout à fait au bout de la plage. Harvey French restait devant le suicidé. Incapable de prendre une décision. Il n'y avait personne en vue. La nuit descendait des terres. Il ressentit une sensation de froid quand, soudain, les réverbères s'allumèrent.

Harvey frissonna. Dans sa situation, il n'était pas pensable qu'il alerte les flics, ni rien. Trop dangereux. Et il avait détalé. Une lâcheté supplémentaire. Un comportement qui avait resserré un peu plus sa dépendance par rapport à Kate. Un curieux sentiment d'abandon de sa propre personnalité.

Et maintenant, le téléphone sonnait à nouveau. Harvey se dressa sur les coudes et cette saloperie de sommier métallique fit son barouf habituel. Il décrocha le combiné et aussitôt un mauvais goût lui vint dans la bouche.

— Oui, Kate, chuchota-t-il. J'arrive immédiatement.

Kate lui ouvrit la porte et elle était méconnaissable.

Elle était en robe du soir. Elle portait un modèle moulant. Avec des épaulettes très minces. Celle de droite glissait sans cesse. Elle tenait à la main deux coupes de champagne. Elle lui en tendit une et la première phrase qu'elle prononça fut pour demander si ses yeux faisaient des étoiles. Harvey remarqua les clips en diamants qui ornaient ses oreilles. Kate s'était maquillée avec excès.

Elle n'eut de cesse qu'ils aient vidé le contenu de leurs coupes en enchevêtrant leurs bras.

— C'est un jeu, dit-elle. Nous sommes un couple illégitime. Buvez ! Buvez, vous dis-je, c'est comme dans un film des années 50 !

Dieu seul sait à quelle scène exactement elle pensait. Harvey eut sans doute l'air de chercher trop visiblement, car elle se mit à rire.

— Avec votre physique, vous avez tous les emplois de Cary Grant, décréta-t-elle.

Ils étaient debout dans l'entrée. Et c'était ridicule. Elle referma la porte d'un mouvement de jambe, tandis qu'ils buvaient en s'observant par-dessus leurs foutues coupes. Son rire la reprit :

— Le même air d'ahuri si comique et si distingué, hoqueta-t-elle en remettant ça avec Cary Grant.

Elle rit trop longtemps et trop fort. Toujours ce rire en cascade. Sa gaîté paraissait peinte en trompe l'œil sur son visage. Soudain, elle trempa son médius orné d'un splendide rubis dans le fond du verre et l'humecta. Elle le passa soigneusement, par petites touches, sur ses seins. Exactement comme s'il s'agissait d'un parfum coûteux. Elle recommença le même manège et baptisa Harvey derrière les lobes des oreilles. Une sensation de fraîcheur, de viol et d'obligation qui le mit parfaitement mal à l'aise.

Elle rit à nouveau de le voir si gauche et lui fit signe d'entrer dans le living.

Elle posa sa coupe vide sur une table basse. Elle traversa un tapis par Eileen Gray en marchant d'une façon tout à fait sexy. Elle se mit à contre-jour tournant le dos aux baies vitrées qui faisaient le tour de la pièce et elle dit que « maintenant, elle aimait les maisons modernes ».

— Le béton et le verre, dit-elle. Et tous les matériaux de notre époque. Même l'aluminium et l'époxy ne me font pas peur.

Son ton était faussement mondain. Un grossissement maladif des gestes les plus snobs. Chaque fois qu'elle bougeait, ses bijoux accrochaient la lumière. Comme une provocation, pensa Harvey. Il laissa dériver son regard. La maison était construite selon une série de lignes brisées et d'angles vifs et le mobilier métallique affirmait son caractère fonctionnel.

— J'ai toujours eu la mentalité d'une orpheline, dit Kate. Un besoin forcené qu'on m'aime. Je suis un poids insupportable. J'en suis parfaitement consciente, soupira-t-elle. Un poids ! Et les hommes se sont toujours cassé les reins en essayant de me hisser jusqu'à eux. C'était comme si elle avait décidé de ne procéder que par stéréotypes. Harvey la dévisagea avec curiosité.

— Qu'essayez-vous de faire ? demanda-t-il. En vous regardant, on a l'impression de quelqu'un qui chercherait à vivre en résumé. Deux lignes sur l'architecture, un peu d'autobiographie et trois fois le tour de la pièce...

— C'est assez bien vu, convint-elle en reprenant sa démarche provocante.

Elle se tourna vers lui et ouvrit le devant de sa robe jusqu'à la ceinture. Elle était nue dessous.

— Comment devient-on cambrioleur ? demanda-t-elle.

Mais il était clair qu'elle se fichait éperdument de la réponse. Seule la situation qu'elle créait et les propos qu'elle tenait l'intéressaient véritablement.

— Mes bijoux sont dans la pièce voisine, dit-elle. Le coffre est ouvert. Je pense qu'il y en a pour une fortune.

Elle le défia à nouveau. Elle laissa tomber sa robe à ses pieds et l'enjamba. Ses jambes étaient longues, gainées de soie noire. Elle caressa elle-même ses cuisses comme une stripteaseuse chevronnée et enchaîna une série de mouvements qui mettaient en valeur son corps.

— Encore des clichés ! dit-elle avec dérision, comme pour saccager ce qu'elle avait entrepris.

Elle se pencha sur un coffret métallique, y prit une cigarette et l'alluma. Elle éparpilla ses cheveux, s'enroba de fumée, fit une moue vulgaire comme si elle posait pour un calendrier de G.I.'s dans les années 43 et sortit de la pièce.

— Venez donc me rejoindre, dit-elle au bout d'un moment.

Sa voix était étouffée par la distance.

Il poussa la porte de communication et la trouva qui sortait de la salle de bain. Elle avait enfilé un déshabillé. Elle avait effacé son maquillage. Harvey fut frappé par sa pâleur.

— Je suis sotte, dit-elle. Pardon pour mon comportement. Tout cela ne sert à rien. A vraiment rien.

Kate était de nouveau fragile. Ses cheveux étaient retenus par deux peignes en plastique mauve. Une horreur. Elle se tenait un doigt. Elle fit la grimace en le frottant.

— Vous vous êtes fait mal ?

— Je me suis cassé un ongle. Ce n'est pas nouveau. Je me casse toujours les ongles dans les moments désespérés.

Elle était face à lui. Elle leva la tête.

— Alors, dit-elle, comment m'imaginiez-vous ?

Il tarda à répondre. Elle se haussa sur la pointe des pieds. Elle resta suspendue en l'air.

— Eh bien ?

— Je n'imaginais rien.

Elle retomba sur ses pieds.

— Moi, dit-elle, mon imagination m'a toujours joué des tours pendables. Quand j'étais plus jeune, savez-vous ce que je désirais le plus au monde ?... Devenir une actrice !

Elle secoua ses boucles. Le regarda avec un pauvre sourire.

— Savez-vous ce que disait maman ? J'aimais beaucoup ma mère, glissa-t-elle fiévreusement. Elle disait que si vous vous donnez vraiment la peine, vous pouvez être cent mille personnes.

Elle dessina encore son sourire navré.

— C'est vrai, dit-elle. Mais c'est très fatigant. Soudain, elle semblait exténuée. Ses bras pendaient devant elle. Comme des objets. Immobiles. Mous. Elle les regarda et parut s'apercevoir de leur inutilité. Elle s'avança plus près de Harvey, se lova tout contre lui.

Elle prit les mains de Harvey et les posa sur son propre front.

— Protégez-moi, dit-elle.

Elle prit les mains de Harvey et les posa sur ses propres épaules.

— Serrez-moi, dit-elle.

Elle prit les mains de Harvey et les glissa sur son ventre nu. Elle ferma les yeux. Elle avait froid. Curieusement froid.

— Suis-je douce ? demanda-t-elle.

— Oui. Votre peau est douce.

— Avez-vous faim ?

— Oui. J'ai grand-faim.

— Nous allons manger et boire, voulez-vous ? Nous fermerons toutes les fenêtres. Nous descendrons les stores. Je veux que la nuit commence tôt. Qu'elle ne finisse pas. Et ensuite, vous m'aimerez. Vous m'aimerez, n'est-ce pas ?

— Oui, chuchota Harvey.

Le regard de Harvey se posa avidement sur le coffre-fort entrouvert. Dans la pénombre, un diamant lui lança un reflet amical.

Il l'aima deux fois et l'on passa à table.

Elle le guettait en souriant par-dessus les bougies qu'elle avait allumées sur la table déjà prête. Sa manière de se donner avait été violente. Tout à fait irraisonnée. Paroxystique. Maintenant ses yeux acclamaient la lumière. Maintenant son visage reflétait quelques couleurs.

— Tu es capable d'être belle, dit-il.

— Parce que tu m'as repeinte, répondit-elle en accentuant son sourire. Sinon, je serais moche. Moche et pâle, tu le sais bien.

— Pourquoi tant de violence ? demanda-t-il.

— Parce que je te donne tout, dit-elle en lui tendant le caviar. Il faut que tu me brûles toute.

Ses yeux bleus se posèrent sur le torse musclé de l'homme qui se trouvait en face d'elle. Elle le regarda se servir. Tandis qu'il commençait à manger, elle creusa avec ses ongles dans le pain. Elle y préleva de la mie qu'elle se mit à pétrir doucement. Au creux de la cheminée, le feu salivait sur une bûche un peu humide. Dehors, la tempête avait repris.

— Toutes les journées de la vie devraient être aussi heureuses que celle-ci, dit Kate. Ce serait bien... On ne ferait que cela : être heureux...

— Il faudrait bien s'arrêter de l'être pour voler ou pour travailler, dit French.

Il avait soudainement faim. Comme à chaque fois qu'il mûrissait un plan. Au fond de lui-même, l'idée de voler les bijoux tournait lentement à l'obsession. Il releva les yeux. Elle le fixait étrangement.

— Si j'étais la personne que j'aurais voulu être, tu n'aurais pas besoin de travailler, dit-elle.

— Quelle sorte de personne ? s'enquit-il distraitement.

Son cerveau de cambrioleur se demandait à quel moment il volerait les diamants. Il décida d'être patient. D'aller jusqu'au bout.

— Une putain, répondit-elle.

Harvey haussa les épaules.

— Tu n'arriveras pas à me choquer, dit-il.

— Je cherche simplement à attirer l'attention sur moi, concéda-t-elle.

Elle eut un geste de découragement. Elle ajouta :

— Il y a des moments dans l'existence où le poids de soi-même devient trop lourd. Et on ne peut plus avancer.

Elle chercha son regard :

— Tu m'as rencontrée dans un de ces moments-là, chuchota-t-elle.

Il sourit presque affectueusement.

— Tous les êtres se cherchent, admit-il. Fourmis,

aveugles, putains ou fonctionnaires, nous sommes tous dans un long couloir plus ou moins sombre. Nous cherchons la sortie.

Elle releva la tête.

— Moi, dit-elle avec une expression excessive, je sortirai de mon couloir en hurlant. Si tu savais comme j'ai encore envie de vivre !

— Oh ! Lord ! Mais qui t'en empêche ? dit-il en se resservant de poulet froid. D'ailleurs nous allons vivre autant de fois que tu voudras. Ne m'as-tu pas engagé pour cela ?

— Tu me prends pour une nymphomane, c'est cela ?

Il essuya sa bouche avec le dos de sa main.

— Je te prends pour un cauchemar, dit-il. En vérité je me demande s'il n'y a pas que la nourriture qui soit vraie dans cette affaire.

— Je t'en veux, dit-elle, pour cette réponse qui est celle d'un mufle.

Elle se tut un moment. Elle pétrissait la boulette de mie de pain.

— Tu n'es décidément qu'un salaud, Harvey French, finit-elle par dire.

Ses lèvres se rétrécirent.

— Un sale égotiste, ajouta-t-elle.

— Chacun pour soi, mastiqua-t-il.

Il pivota sur son siège et lui tourna délibérément le dos. Elle eut un geste nerveux et lâcha la boulette de pain. Elle l'avait triturée au point de la noircir.

— J'avais besoin de toi, dit-elle d'une voix rauque. Ça, au moins, tu aurais dû pouvoir le comprendre.

— Non, dit-il en rongeant son os de poulet. Je n'ai pas envie de comprendre.

Ils se turent. Harvey mangea du fromage et reprit du dessert. Elle l'observait avec un mince sourire.

— Je veux être la dernière femme que tu aimeras, Harvey French, finit-elle par dire.

Le cambrioleur posa sa main sur l'estomac et s'arrêta de mastiquer.

Et les yeux de Kate s'emplirent soudain de larmes.

Plus tard, ils firent l'amour jusqu'à l'usure. Harvey French était solide comme un lutteur de foire. Kate se servait de son corps avec un désespoir qui semblait décupler ses forces. Le temps s'était arrêté à plusieurs reprises. Et chaque fois, la galopade de leurs cœurs avait recommencé avec plus de démesure.

Parfois, Kate s'arrêtait de bouger. L'homme restait tendu comme un arc. Elle, les bras en croix, les paumes ouvertes, les yeux révulsés semblait s'abandonner à un coma douloureux. Ou. bien, s'il se laissait tomber sur elle, Kate écoutait leurs souffles s'entrecroiser sur leurs joues battantes. Les reins trempés, ils touchaient mutuellement leurs peaux, puis, lentement, comme deux combattants plus que comme deux amants, ils reprenaient leur pugilat sexuel. Harvey French semblait inusable.

A nouveau, ils s'avançaient l'un contre l'autre, les

yeux ouverts dans l'obscurité. Plus de masques Debout. Enchevêtrés. Assis ou étendus comme des étoiles. Acharnés à se perdre. Ils ressemblaient à des nageurs épuisés par un naufrage mutuel.

Et l'homme pensait aux bijoux.

Et Kate pensait à elle-même.

Pendant plusieurs heures, ils haletèrent sans prononcer un mot. Puis, soudain, Kate sentit le corps de l'homme se détendre. Par soubresauts, sa raideur lui échappa. Kate sentit le corps de l'homme se détendre. Encore un spasme et elle sentit Harvey qui s'abandonnait comme un enfant. Lourd. Lourd et assommé par le sommeil.

Elle sourit dans le noir.

Elle se leva sans bruit. Ses jambes la portaient à grand-peine. Un vertige fit basculer la pièce mais elle eut la présence d'esprit de s'accroupir sur la moquette et de fermer les yeux. Elle resta une longue minute immobile. Verrouillée sur elle-même. Ses bras serrés autour de ses genoux. Elle vit passer deux bulles rouges sous ses paupières closes. Elle eut envie de vomir. Elle attendit. Elle entendait le souffle régulier de l'homme.

Elle se leva doucement. Elle trouva la force de passer dans le living. Elle marchait sans bruit. Dehors, il faisait nuit. Le vent était tombé. Elle tira du secrétaire une enveloppe qu'elle avait préparée. Elle alla la porter dans la chambre. Elle la déposa auprès de Harvey French. Elle se pencha un bref instant sur lui comme pour déchiffrer son visage. Le calme du dormeur inscrivit au fond des prunelles de Kate une expression qui ressemblait à la haine.

Elle rejoignit le living. Elle emprunta l'escalier métallique qui menait au premier étage par une galerie. Elle ouvrit la porte d'une seconde salle de bains et passa sous la douche. Elle se maquilla comme pour entrer en scène. Elle enfila une robe simple. Elle passa dans la chambre voisine. Elle s'immobilisa un instant devant la photographie d'un vieil homme qui lui souriait au fond d'un cadre.

Elle s'étendit sur le lit. Elle ouvrit le livre qu'elle avait fait voler la veille par le cambrioleur. A la page 223, il y avait un signet. Elle relut le passage où il était dit : « DORIDENE 250 (glutethimide). Dose minimale : 5 gr. (HEM) Dose léthale 6 gr (TEXA) soit 25 comp. à 250 mg. Tableau C. »

Elle commença à avaler l'une après l'autre les dragées roses.

Harvey French s'éveilla parce qu'on marchait sur lui en ronronnant. C'était un chat siamois. Il était dix heures du matin. Il se dressa sur un coude, chassa l'animal et découvrit la lettre.

« *Il faut que je vous raconte MOI : j'ai un mal incurable. Cancer. Un mot chargé de superstition. Alors j'ai voulu vivre fort et en une seule fois. Et merci pour ce bonheur malgré vous...*

« A titre de dédommagement, je vous suggère de voler les bijoux, bien sûr... »

Le cambrioleur regarda du côté du coffre-fort et pensa à Tiger-Lily.

Une demi-heure plus tard, Harvey French était en train de quitter l'hôtel. Il avait tenu à descendre lui-même ses bagages et dans sa précipitation, il faillit bien manquer la première marche de l'escalier qui dominait le hall. A peine venait-il de restaurer son équilibre qu'il remarqua un visage au nez grêlé qui se levait vers lui. C'était celui d'un homme d'une soixantaine d'années. Enfoncé dans un fauteuil, l'inconnu était à demi masqué par un rideau de plantes vertes, mais, tandis qu'il descendait prudemment les marches, Harvey se rendit compte que le regard bleu délavé du type ne l'avait pas lâché une seconde. Au travers du feuillage, il prenait une intensité extraordinaire et c'est presque avec soulagement que Harvey vit l'homme se lever et s'avancer au-devant de lui. Une fois debout, il était plutôt petit et, si sa face énergique était ravinée par des sillons étrangement verticaux qui lui conféraient une sorte de noblesse, elle était par ailleurs complètement rabaissée par la présence d'un appendice nasal le plus dégradant qui soit. Un nez totalement bulbeux et visiblement sculpté par le bourbon.

— Est-ce que ma note est prête ? demanda Harvey pour se donner une contenance.

Il se tourna nerveusement vers le comptoir et remit sa clé au tableau.

— Tout de suite, Mister Cork, répliqua le gérant en léger différé.

Il se mit un doigt dans l'oreille et apparemment ne s'occupa pas de ce qu'on venait de lui demander. A croire qu'il s'ingéniait à gaspiller le temps de Harvey ou à mettre ses nerfs à vif. Le cambrioleur s'exhorta au calme. Sa main droite se resserra imperceptiblement sur la poignée de sa mallette parce que c'était dans le double fond de cette dernière que se trouvaient les bijoux. Il respira profondément mais rien ne pouvait l'empêcher de sentir la présence insistante du petit homme qui se tenait derrière lui.

Il prit la décision de se retourner avec l'air agacé. Il rencontra aussitôt le regard bleu décapé de l'autre et fut désarçonné par l'extravagante construction de chairs rouges et compliquées qui lui tenait lieu de nez.

— Je m'appelle Gentlegallows, dit le vieux gentleman au blair si fascinant. Et je suis là pour que vous me donniez des nouvelles de Kate.

— Kate ? balbutia Harvey.

— Est-ce que tout s'est passé comme elle le voulait ? insista le petit homme.

— Je ne comprends pas, mentit Harvey. De quoi parlez-vous ?

— De ma chère femme, dit Mister Gentlegallows,

et il entraîna le cambrioleur du côté des plantes vertes. Alors ? dit-il avec une réelle anxiété.

Il passa sa main dans la couronne de ses cheveux blancs et indisciplinés. Pas question d'y ramener l'ordre.

— J'ai passé toute la nuit ici à vous attendre et croyez bien que si j'ai cédé à ce dernier désir de Kate, c'est bien parce que je savais, tout comme elle, qu'il n'y avait plus rien à faire. Elle était fichue, monsieur. Une question de jours. Et bien sûr, avant, nous avions tout essayé...

Harvey jeta un regard sur le hall.

Il remarqua la présence d'un homme en trench-coat. Il portait un feutre gris et une petite moustache ombrait ses lèvres. Il se dirigea vers le comptoir et parla au gérant. Ce dernier se gratta l'oreille avant de lui répondre.

Harvey reporta son attention sur le petit mari de Kate.

— Vous n'étiez donc pas divorcés ? demanda-t-il.

Le teint brique du vieux gentleman s'éclaira d'un sourire qui n'aboutit pas :

— Divorcés ? La chose lui paraissait extravagante. Divorcés ! Fichaises ! Sachez que j'ai aimé ma femme plus que tout au monde, monsieur.

Il devint brusquement agile, tourna autour de Harvey en proie à une excitation surnaturelle et finit par le pincer par la manche.

— Ne croyez-vous pas que c'était l'aimer plus que moi-même que d'accéder à des dernières volontés aussi exceptionnelles ? demanda-t-il. Avez-vous pensé à mon humiliation ?

— Vous voulez dire que vous étiez au courant de tout ?

— Naturellement ! Kate et moi ne nous cachions rien. Lorsqu'elle est rentrée, hier soir, elle était bouleversée. Il y avait ce livre. Il y avait aussi les résultats de ses derniers examens...

Il chercha le regard de Harvey :

— Nous avons décidé d'un commun accord que son ultime nuit serait une nuit d'amour.

Harvey posa ses yeux sur le drôle de visage. Gentlegallows sembla immédiatement deviner à quoi pensait son interlocuteur. Ses yeux se craquelèrent de nervures rouges.

— Voyons ! Voyons ! s'emporta-t-il, est-ce qu'un pauvre type dans mon état aurait été capable de combler Kate ?... Il fallait trouver quelqu'un d'autre. Quelqu'un de jeune. Quelqu'un qu'elle ne connaissait pas trop et qui fût entreprenant...

— Un pigeon.

— A qui la faute ? explosa l'homme aux cheveux blancs. Ne vous étiez-vous pas mis vous-même sur les rangs ? Huit jours ! Huit jours d'assiduité, n'oubliez pas !... Je vous ai assez observé à la jumelle tandis que vous la courtisiez sur la plage !

— J'aurais très bien pu ne pas faire l'affaire...

— Kate m'a convaincu. Vous étiez l'homme rêvé, à cause de votre statut si particulier... traqué, pas d'attaches... un type entre parenthèses... Dans le fond, vous n'existiez pas, monsieur Cork... C'était... C'était moins blessant pour moi...

Gentlegallows se pencha soudainement sur son manteau qu'il avait laissé sur le bras du fauteuil. Avec un parfait naturel, il alla cueillir une bouteille de scotch tout au fond d'une poche. Il but au goulot une rasade qui n'en finissait pas.

— J'ai perdu tout amour-propre, constata-t-il en rebouchant le flacon. Vous, vous avez l'air si sain, dit-il encore en toisant Harvey. Incroyablement sain ! Incroyablement fort ! Savez-vous à quoi vous nous avez fait penser, à ma femme et à moi, quand nous avons parlé de vous la première fois ?

— Non, dit Harvey.

Il venait de croiser le regard gris de l'homme à l'imperméable qui se tenait maintenant près de la porte d'entrée.

— Vous nous avez fait penser à ces joueurs de tennis entre deux parties. Tie-break. Pas l'ombre d'un sentiment. Et même dans l'adversité, vos forces étaient intactes... C'est d'elles que Kate avait besoin. De rien d'autre.

Mister Gentlegallows s'arrêta de parler. Il posa son regard mouillé de whisky sur le papier peint. Il soupira.

— C'est pour que Kate gagne son match contre la mort que je vous ai laissé la villa, hier soir... Nous nous sommes croisés sur la plage, figurez-vous.

J'aurais pu tout arrêter. Comme vous marchiez vite !... Et moi, je suis venu échouer ici...

Il leva ses yeux d'alcoolique sur Harvey. Il prit l'air de demander un sucre :

— Elle s'est bien battue, n'est-ce pas ? implora-t-il.

— Oui, monsieur, dit French en regardant vers la porte.

— Au fait, vous avez pris les bijoux ?

— Oui, dit Harvey. Kate le voulait ainsi.

— Il y en a pour cinq cent mille livres sterling, apprécia Mister Gentlegallows. Et vous avez raison, tout ce que Kate voulait *doit* arriver, ajouta-t-il en laissant trembler sa lèvre inférieure.

Il consulta sa montre, regarda du côté de l'homme au chapeau gris, et tendit soudainement la main à Harvey pour prendre congé.

— Eh bien, il est l'heure, dit-il comme s'il quittait quelqu'un devant un parloir.

Il s'éloigna de trois pas incertains et pivota pour faire un clin d'œil qui déforma bougrement son nez.

— Bonne prison, Mister French, souhaita-t-il, moi, je retourne à mon chagrin.

Harvey French s'avança en direction du comptoir et le regard de l'homme au feutre gris se posa instantanément sur sa boiterie. Tandis que le cambrioleur réglait sa note d'hôtel, une phrase de Kate lui revint à l'esprit et son sang se glaça : « Je veux être la dernière femme que tu aimeras, Harvey French. »

Et quand, sur un signe de l'homme en gris, les policiers l'entourèrent, Harvey sut que Kate avait tout prévu.

Il ne nous arrivera donc rien ce soir ?

à Ronald Searle

« *Pour tuer quelqu'un, le mariage est quand même moins sûr que la mort.* »

Jean GIRAUDOUX

Le plus difficile, ce n'est pas de se coucher avec une femme. C'est de se réveiller avec elle.

Ainsi pensait Jonathan McGuire, en regardant par-dessus sa tasse de thé. Il avait soixante-cinq ans. Il savait parfaitement de quoi il parlait. Miso par expérience. Lord, par surcroît. Le globe de ses yeux était craquelé. Un des plus beaux émaux jamais réalisé par Johnny Walker. Il avait le teint étiqueté rouge. Le kilt écossais. Le bonnet idem. Anachronique, c'est pourquoi je me permets.

Vieux Jonathan essuya une larme d'alcool de grain au coin de son œil cataracte. Cataracte ou tout comme. Il pensa à sa bouteille de scotch. Une extra-plate, cachée dans le molleton de sa chaussette. Il tendit sa main vers sa pipe d'écume et, malgré le vieux monde pourri qu'il était, vous l'auriez aimé.

Il calcula que cinquante ans de mariage l'avaient conduit dix-huit mille deux cent cinquante fois environ à dire ce qu'il allait répéter une fois encore :

— Gladys darling? May I have some more tea?

Et réglée comme Big Ben, vous auriez pu parier

que Vieille Lady Gladys McGuire, son épouse, répondrait exactement ce qu'elle allait répondre :

— Yes, sweet heart. With a drop of milk ?

Il se tut.

Elle se repoudra.

Le feu faisait son travail dans la cheminée. Fire place, as they say.

Jonathan contempla Gladys. Il ferma les yeux, imprégné de son image. Il tira sur sa pipe. Un goût de miel sommeilla dans sa bouche. Vieille Gladys ! Il aurait pu la réciter par cœur.

Il commença par les pieds. C'était le plus facile. Il les imagina sans peine. Passablement longs. Tapis dans des chaussures à boucles. Ils étaient déformés par des cors, juste avant les orteils. Il visualisa clairement cette manie qu'elle avait de toujours remuer le pouce de droite. Du coup, il exagéra volontairement le galbe de ses mollets de tétras. Pas par malveillance. Simplement pour contrôler exactement à quel degré son imagination était arrivée. La netteté de sa vision le força à sourire. A force de patience, il était maintenant tout à fait capable de mettre les jambes de Cyd Charisse sur le buste de Vieille Gladys.

Balayant impitoyablement ces facéties parapsychologiques, il retourna par la pensée aux vraies rotules de son épouse. Marbrées par la flexion, il les imagina à l'heure du coucher. Comme tous les soirs, Jonathan avait chauffé le lit. Vieille Gladys y entrait comme dans un bain froid. En poussant de petits cris.

Des gloussements d'une sorte tout à fait déraisonnable. Calée sur le double oreiller, elle buvait une tisane. Elle se mettait en chien de fusil. Tap, tap, les sacrées rotules marbrées, tap, tap. Elle lui avait fait mal aux reins toutes les saletés de soirs de leur vie.

— Gladys darling, may I have some more tea ?

— Yes dear. With a drop of milk ?

— Please.

Toutes les saletés de soir du soir de leur vie.

Par la pensée, il escalada les dentelles de sa robe un peu fanée. Il les entrecoupa de tranches de fleurs mauves. Il imagina également le col en brocatelle broché de diamants. Et assorti à l'abat-jour. Arrivé au visage, il s'aperçut qu'il avait oublié la poitrine. Elle n'en avait jamais eu. Un désert, cette région-là. Rien pour se désaltérer.

Tiens, Vieux Jonathan aurait bien bu une lampée de scotch. Il sentit le regard de Gladys se poser sur lui. Il se congestionna de contrariété. Elle avait des yeux de porcelaine. Des saloperies de paupières translucides. Avec du rouge autour. Des sourcils peints de toutes pièces. Des lèvres minces, débordées par le fard. Sacrée Gladys avait toujours eu deux bouches. Comme les gravures mal imprimées.

Soudain, Jonathan ressentit une vraie douleur. Il aurait juré qu'il venait de toucher les copeaux de ses cheveux rèches. Il frotta sa main sur l'accoudoir du fauteuil. Son urticaire le reprenait. Entièrement psychosomatique, of course. Il n'empêche que chaque fois qu'il pensait aux cheveux de sa femme, la paume le démangeait. Les méduses aussi brûlent ce qui les touche. Il est vrai qu'il ne s'est jamais trouvé personne qui ait envie de faire un bout de chemin avec une méduse.

Vieux Jonathan garda les yeux obstinément fermés.

— Do you care for some more tea ?

— Yes, dear, thanks a lot.

Gladys devait avoir ses pendentifs en plastique vert. Vert ou rose aux oreilles. Aux vieilles oreilles. Quant à ses mains, elles étaient sûrement couvertes de bagues à chaque doigt. Là, rien que du vrai. Des pierres de toutes les couleurs. Cinquante happy birthdays. Des milliers de bougies.

Vieux Jonathan rouvrit les yeux. Tout ce dont il avait rêvé était bien là.

— Gladys darling ? May I have some more tea ?

— Certainly dear, with a drop of milk ?

— NO !

Un cri énorme. Il avait poussé un cri tout à fait énorme. Exactement le barrissement d'un éléphant en colère.

Gladys sentit nettement craqueler sa poudre. Elle se mit à battre très rapidement des paupières. Et sa bouche hésita sur le dessin qu'elle allait devoir former.

Vieux Jonathan récupéra le plus vite possible un honnête rythme cardiaque. Pas besoin de s'éclater la crosse de l'aorte pour une contrariété. Il s'apaisa par paliers. Il réfléchit. Pourquoi, pourquoi avait-il prononcé ce refus pour la première fois depuis cinquante ans ? Pourquoi NO ? Pourquoi pas yes ? Pourquoi ?

— Why ? demanda sacrée Gladys qui avait opté pour l'étonnement le plus profond.

— Strange, isn't ? convint Jonathan. Je ne sais pas ce qui m'a pris.

Il tendit sa tasse. Il eut alors l'impression qu'elle lui mettait *plus* de lait que d'habitude. Pour se venger ? Pour conjurer le sort ? Pour que cela ne se reproduise plus ? Pour le convaincre qu'il faut boire du lait ? Par amour ? L'Amour ?

Elle proposa qu'on allume la télévision. Comme tous les soirs. Le poste était entre eux deux. Au fond de la pièce, la table était déjà dressée. Ah ! oui, c'était Noël. Des bougies rouges prolongeaient la ligne élégante des candélabres en argent. Saloperie d'Arthur, le valet de pied qui donnait toujours raison à Gladys, avait tendu des guirlandes au plafond. Du houx aussi. Quelle paix ! Quel bonheur !

— Home, sweet home, soupira Sacrée Gladys.

— Yes, émit Vieux Jonathan.

La télévision envahit la pièce. Lucarne ouverte sur le monde, elle les força à regarder les autres. Un homme en complet-veston se mit à dire d'une voix sans passion qu'il y avait de la neige sur toute l'Europe.

— Comme nous sommes heureux, constata Gladys.

— Yes, indeed, reconnut Jonathan.

L'homme se mit à parler d'une avalanche. Un

drame. Dix morts. Un hélicoptère en perdition. Les sauveteurs progressaient lentement. Les familles étaient inquiètes sur le sort des survivants.

— Ce n'est pas à nous que cela arriverait, remarqua Sacrée Gladys. Je veux dire d'être mêlés, fût-ce indirectement, à une aventure aussi dramatique.

— ...

— Rien ne nous arrive jamais, ajouta-t-elle à la réflexion.

— Yes, soupira Vieux Jonathan.

L'homme de la télévision décrivit deux ou trois choses horribles. Puis une autre, tout à fait exceptionnelle. Ensuite, il parla d'une tempête sur l'Océan. Trois barques bretonnes dérivaient. Un chalutier anglais avait coulé.

— Quand je pense que ces choses existent et que rien ne nous est jamais arrivé ! se désespéra Gladys.

Elle décrocha une de ses boucles d'oreille et se frotta pensivement le lobe.

— Yes, exhala Jonathan dans un petit rot acide comme une pièce de six pence.

L'homme au complet-veston se mit alors à parler des guerres.

— Je n'aime pas du tout la cravate dont s'est affublé ce Ronald Brookfield ! s'exclama-t-elle. Je la trouve déplacée, vulgaire, entièrement shocking un soir de Nativité.

Sur l'écran Donald Brookfield porta machinalement la main à son nœud et le rectifia. Il dit qu'on se battait à Pnom-Penh. Les Américains pilonnaient la piste Hô Chi Minh. Les bombes à billes alternaient avec les projectiles bactéricides. La faune, la flore étaient réduites à néant. Vingt-cinq ans de guerre.

— Cinquante ans de bonheur. Et dans cette maison, il n'arrive jamais rien !

Vieille Gladys en souriait. Ses incisives étaient jaunes de plaisir.

— Yes.

La pensée de Jonathan était ailleurs. Il reposa sa tasse sur la table. Le bruit de la porcelaine de Chine fut couvert par une explosion. A Londonderry, ce matin, un attentat avait fait douze morts. Des jeunes. Des soldats du contingent.

— C'est un peu angoissant, darling, de penser qu'il ne nous arrivera jamais rien, non ? Est-ce que ça ne l'est pas ?

— Yes.

On sonna à la porte d'entrée. Jonathan sortit en traînant les pieds. Il resta absent cinq à dix minutes.

Vieille Gladys s'absorba dans l'écoute des nouvelles brèves. On traquait un ancien criminel nazi. On torturait en Iran. On emprisonnait en Grèce. On matraquait à Madrid. On lynchait en Alabama.

— Rien ne nous arrivera donc jamais ? s'écria-t-elle hors d'elle même.

— Yes, répondit Jonathan qui venait d'entrer dans la pièce.

Ses yeux brillaient de plaisir. Pour dissimuler sa joie, il dit :

— Gladys darling, may I have some more tea ?

Une tasse de plus que d'habitude ? Lady McGuire en était abasourdie.

— Yes sweet heart... With a drop of milk ?

— Oh yes, please.

Elle allait lui verser cette tasse de thé insolite, quand elle s'aperçut qu'il fallait ajouter de l'eau dans le tea-pot. Elle contourna le récepteur TV, tant pis pour satané Brookfield ou Brookerfield (maintenant, elle n'était plus si sûre de son nom), et fila vers l'office. On avait renvoyé tous les domestiques.

Jonathan tira de son gousset une pilule noire qu'il déposa dans la tasse de son épouse. Elle fondit aussitôt. Il était assis quand Gladys revint avec de l'eau chaude. Elle servit son mari. En versant, elle demanda encore :

— N'est-ce pas injuste que jamais rien ne nous arrive ?

— Yes, articula Vieux Jonathan.

Et si vous aviez mis la main sur son cœur, vous auriez su qu'il faisait preuve d'une foutue infinie patience.

Gladys but son propre thé. Elle parut étonnée. Elle laissa échapper de sa main sa boucle d'oreille. Elle la regarda rouler sous la table. Elle prit l'air sincèrement désolé. Elle mourut sur-le-champ.

Vieux Jo se leva. Il tira sa bouteille extra-plate de sa chaussette. Il but son satané scotch jusqu'à la dernière goutte. Il remit là où aurait dû se trouver la boucle d'oreille. Sur le lobe de Vieille Gladys. Clip. Very simple.

Il enfila des gants. Il prit la tasse de sa femme par l'anse. Alla la rincer soigneusement à l'office. Après quoi, il revint, y versa un nouveau fond de thé et la remit en place où il l'avait prise : par terre, à demi renversée. Il desservit la table et rangea méticuleusement les assiettes du service. Il nettoya sa propre tasse et la rangea également. Il ferma la télévision où Ronald Broomfield (foutue Gladys n'avait jamais pu retenir un traître nom) concluait en souhaitant une bonne soirée, chers téléspectateurs. Jonathan le remercia et descendit au garage.

Toute rutilante de chromes, une motocyclette japonaise était calée sur sa béquille. C'était une douze cents centi-cubes. Un monstre de vitesse. On venait juste de la lui livrer. Vieux Jo grimpa dessus avec extase. Elle démarra au premier tour de clé. Il alluma les quatre phares. La porte du garage s'ouvrit aussitôt. Il fit rugir le moteur.

Tant de force entre ses satanées jambes l'étonna. L'engin se cabra comme un désir. Il gravit la rampe à vive allure. Son kilt flottait derrière lui. Dès les premiers mètres, il perdit son bonnet.

Au bout de O'Connel Street, il était à plus de cent à l'heure. Il prit la courbe par miracle. Ses yeux s'embuèrent de larmes. Ses cheveux blancs ondulaient. La neige l'aveuglait. Il avait froid au cœur. Il accéléra encore.

Dans les rues d'Aberdeen, il roula gaîment vers la pneumonie qui allait normalement l'emporter.

Un certain Jimmy Fast

pour Anne

« Le monde va être jugé par les enfants. »

Georges Bernanos

D'accord, l'œil gauche de Jimmy Fast était perdu. Il pendait à un fil. Mais le bouton de culotte de droite était tout à fait expressif. Et si Jimmy avait quelque peu perdu ses couleurs, le mois dernier, faute à ce séjour forcé dans Ajax ammoniaqué, il gardait encore un aspect de froide détermination.

Timothée prit Jimmy par les épaules. Il le tourna sans ménagement. Face à lui. En appuyant exprès sur sa gueule de travers. Jimmy Fast avait des cicatrices qui témoignaient assez de son passé d'aventurier. Cette reprisure bleue sur l'estomac, séquelle d'un coup d'épluche-légumes. Ce doigt coupé par un couteau suisse à vingt-neuf lames. Ou cette oreille sauvagement décollée.

Autant de preuves de son endurance, non ?

Et encore, bougre, il y avait pire au sujet de sa vitalité. Son appétit, par exemple. Jamais vu un être capable de bouffer autant de crêpes surgelées. Et Tim ne voulait même pas entendre parler de la tache de tomato ketchup qui déshonorait le ventre de Jimmy. Ni de son penchant pour le whisky. Ça c'était le pire, son haleine.

— Jimmy Fast boit de plus en plus, dit Tim. Il leva un visage écœuré vers son père. L'homme conduisait vite. Il ne répondit pas.

— Jimmy dit qu'il a une soif d'enfer, insista Timothée. « Du sel au fond du gosier »... Ses propres mots.

Le père se détourna un bref instant. Ses cheveux chassés par le vent se plaquèrent un moment sur son visage. Il remonta sa vitre.

— Ne t'impatiente pas, Tim, dit-il. Nous allons arriver d'ici peu.

Le petit rouquin se tassa sur le siège de la décapotable.

— Oh ! je ne m'en fais pas pour moi, dit-il simplement. Il regarda du côté de sa poupée de chiffon. C'est juste Monsieur Fast qui s'est permis de se plaindre.

— Un mafioso ne se plaint jamais, dit le père.

— Dis-lui, toi ! dit Tim. C'est depuis qu'il a perdu sa mère. Son caractère a changé. Sans compter les trois transfusions qu'on lui a faites la même semaine. Des grains de polyester qui coulent maintenant dans ses veines.

L'enfant regarda ses propres poignets. Il portait un pansement de gaze à chacun d'eux. Le père se détourna. Il ébouriffa le gosse.

— Oublie tout ça, Tim. C'était juste un mauvais rêve. Et dans moins d'une demi-heure, nous allons retrouver maman. Et la serrer dans nos bras.

Le gosse avança et recula plusieurs fois sa bouche. Et sa lèvre inférieure se mit à trembler.

— Ah! dit-il, Jimmy Fast est un sacré con. Chaque fois qu'il pense à sa foutue mère, il...

Il avait follement envie de pleurer.

— Est-ce que Jimmy n'a pas été le lieutenant d'Aniello Della Croce? demanda le père pour faire diversion.

— Si. Pendant cinq ans, chevrota le petit rouquin. Et aussi porte-flingues chez Carlo Gambino. Mais ça ne change rien à l'affaire. Il est émotive.

— Emotif, corrigea le père. En somme, il n'a jamais connu Peter Salerno?

— Nooonn, ja-ja-jamais, bredouilla Tim, parce que sa gorge durcissait à vue d'œil. Seu-le-ment Aladena Frantianno.

— Un foutu salopard, dit le père.

— C'est rien à côté de la cruauté de Jimmy, dit le gosse. Et il se mit à pleurer pour de bon.

Transformé en hôtel, le château de Roumégouse apparut au détour du parc. Il était assis sur ses tours et digérait lentement Viollet-le-Duc. Deux, trois renvois de fenêtres à meneaux, une porte cloutée et des armures plantées aux endroits stratégiques lui assuraient suffisamment de prestance pour qu'il fasse un très convaincant château-relais. Le meilleur de la restauration était toutefois à l'intérieur. L'accueil des hôtes, le luxe des chambres personnalisées par des blasons et, par-dessus tout, une cuisine au-delà de tout soupçon. Belges et Anglais se disputaient le parking pendant tout l'été. Et là, maintenant, avec le soleil d'hiver, il devait y avoir fort peu de touristes.

Les pneus de la Morgan mordirent sur le gravier. Le petit cabriolet se cala auprès d'une énorme Mercedes.

— Ta mère, dit le père.

Et il attendit, prostré sur son siège. C'était comme si le silence du moteur éveillait en lui le tumulte des événements à affronter.

— Alors, qu'est-ce qu'on attend pour descendre ? demanda Tim.

Le père frotta son front pour chasser la fatigue. Il dit :

— Promets-moi d'être un petit garçon bien sage.

Le rouquin ouvrit la portière. Il prit pied sur la terre ferme. Il mit un doigt dans son nez.

— Jimmy Fast fera tout ce qui est en MON pouvoir pour que les choses se passent bien. D'ailleurs, je souhaite que ma mère revienne avec nous.

Maman sentait affreusement bon. Elle les attendait dans le bar Agatha Christie. Une pièce circulaire, tout enrobée de livres. Un endroit de fauteuils profonds et démodés, propre pour la pipe et pour le crime.

Maman avait une foutue allure. Un tailleur tout à fait Chanel. Des bagues à chaque doigt. Des ombres bleues sur les paupières. Et, dear God, elle sentait affreusement bon.

Tim l'embrassa trois fois. Et quand ce fut son tour de mère de le faire, Diana le fit de travers. Sa bouche devant ses dents comme un sifflet sans son et qui n'atteignait pas les joues de l'enfant.

— Je fais attention à mon rouge à lèvres, dit-elle.

Jimmy Fast était sur le point de faire la gueule. Mais Tim lui serra le bras suffisamment fort pour que ce salaud se le tienne pour dit. Tim ne voulait pas qu'on juge mal sa mère.

Après cinq minutes au moins passées à pas grand-chose, les parents se dirent quelques banalités. Ils agitaient les glaçons dans leur verre. Tim remarqua qu'ils préféraient ne pas se regarder.

— Dire qu'il y a trois mois, nous étions une famille unie, soupira le père.

Et Tim en profita pour redemander un Coca. Le genre de boisson qui faisait des bulles infernales dans son estomac mais lui donnait l'impression d'avoir d'autres chats à fouetter. Tim se demanda ce qu'il pourrait bien leur demander d'impossible. Tel que décrocher la lune, ou avoir le droit de se masturber devant la glace. Mais Monsieur Fast fit valoir que la provocation n'avançait à rien. Jimmy était puritain pour certains trucs. Et les parents avaient l'air si lugubres.

Si bien qu'après avoir fait boire ceux qui avaient soif, ils décidèrent d'un commun accord de monter dans les chambres. Ils avaient pris chacun la leur. Tim fit remarquer qu'ils ne risquaient pas de se réconcilier comme ça. Ni lui d'avoir un père et une mère à la fois. Encore moins d'écoper d'un frère de trois kilos à la naissance comme on le lui avait promis à l'époque où tout allait bien. Impossible, merde, s'ils ne dormaient pas dans le même lit. Mais personne ne lui répondit.

Et Tim bâilla. Il décida de coucher dans la chambre de sa mère pour le premier soir. Autant se rincer l'œil avec son derrière quand elle se déshabillerait. Lui-même se passa méticuleusement un gant de toilette entre les fesses. Parce que ça le démangeait bougrement. Les oxyures, il paraît. Il le fit en fermant la porte de sa salle de bains. Il entendit son père qui disait :

— Diana, ton égoïsme me tue ! Bon dieu ! Je n'ai voulu qu'une seule chose en te faisant signe... le bien de ce gosse ! Est-ce que tu imagines qu'il y a seulement quinze jours, Tim s'est ouvert les veines ? Un enfant ! Ton fils, Diana !

Jimmy Fast étouffa aussitôt un fou rire. Il fit remarquer à Tim qu'il avait drôlement bien fait de faire ça, se servir du rasoir rouillé. Parce que, merde, au moins, l'attention était braquée sur eux.

Et Tim s'endormit dans la baignoire.

Le lendemain matin, tout le monde avait l'air de bonne humeur pour le déjeuner. Tim demanda un chocolat. Il remarqua que son père et sa mère souriaient. Le beurre salé et la confiture qui faisaient ça. Les parents de Tim se disaient rarement des choses désagréables en mangeant. En s'essuyant la bouche, le père dit :

— Tim, maman et moi avons à nous parler. Je pense qu'il est temps que tu ailles montrer le parc à Jimmy Fast.

— Il n'a pas très envie de le voir. La campagne n'est pas son fort, dit Timothée.

Mais il leur laissa immédiatement le terrain libre. Il fit le tour du château en croisant ses doigts pour que les pourparlers aboutissent. Pour que sa mère revienne vivre avec eux. Et, quand il eut suffisamment regardé les collines d'érables rouges et la terre du Lot assortie, il alla faire un tour dans la cuisine du château. C'était un endroit immense et caverneux. Avec des fourneaux parfaitement déraisonnables. Beaucoup de vapeur.

Le chef de cuisine portait une toque. Mais c'était une femme. Elle avait des yeux de faïence bleue. Elle riait tout le temps. Elle dit à Tim qu'elle aimait les enfants. Tim lui demanda ce qu'elle préparait de bon pour midi. Elle lui répondit que c'était des champignons. Elle lui demanda aussi s'il avait déjà vu une truffe. Il dit que Jimmy Fast en avait vu souvent. En Amérique. Parce que, là-bas, tout pousse en grande quantité.

Il présenta le redoutable mafioso à cette dame et elle trouva l'Américain bien sympathique. Puisqu'il était si connaisseur, elle lui fit renifler quelque chose qui ressemblait à une pomme de terre noire et ridée. Puis elle la promena sous le nez de Tim.

— Tu vois cette truffe ? dit-elle. Elle est pour tes parents ce soir.

— Ah ! bon, dit Tim. Mais est-ce que ça n'est pas dangereux ?

La dame se mit à rire. Elle passa à nouveau la truffe sous le nez de Tim. Il fit la grimace et lui demanda si on n'allait pas plutôt bouffer du surgelé, malgré cette histoire de champignons.

— Sûrement pas ici, dit la femme à la toque.

Et elle parut si vexée qu'elle lui tourna les talons.

A midi et quart, Tim était de retour dans les chambres. Il frappa à celle de son père et entra en parlant. Mais il s'arrêta aussitôt. Pas besoin de lui faire un dessin. Sa mère avait pleuré. Le noir avait coulé et le bleu aussi. Un mélange pas possible sur son visage gonflé. Et son père, assis sur le bord du lit, était aussi pâle que le jour où il avait tant crié. Juste avant d'avoir un malaise. Et une piqûre pour son cœur.

Ils descendirent une demi-heure après. Ils avaient tout effacé sur leurs visages. Maman avait des crèmes pour ça. Elle s'était redessiné des yeux.

Ils auraient pu passer pour des gens ordinairement heureux, pensa Tim. Ceux qui les regardaient ne pouvaient pas deviner, pensa-t-il. Parfaitement révoltant. Il décida du coup de ne pas bouffer. Rien que pour les emmerder. D'autant que ça y était, son père et sa mère commençaient à se faire à nouveau des sourires.

— Salade composée et foie gras chaud, dit la mère.

— Rognons de veau Rocamadour, échota le père.

Il lui toucha la main. Elle ne la retira pas.

— Après, nous prendrons des cabécous du Causse, dit-il encore.

— Et le chariot de desserts pour finir, promit Diana.

Elle avait l'air si sensuelle.

— Et toi, Jimmy ? demanda le père.

— Rien, dit Jimmy. Rien et je vous emmerde.

— Comme tu voudras, dit la mère. Tu mangeras quand tu auras faim.

Et elle déplia sa serviette.

Ils étaient remontés après le café et l'eau de noix, une spécialité du pays. Ils avaient aussitôt repris leurs vociférations derrière les persiennes. Tim écouta quelques saloperies qu'ils se jetaient à la tête, puis se retira. Cent fois qu'ils se faisaient les mêmes reproches. Il retourna à la cuisine et trouva la dame à la toque dans la pénombre. Elle était assise les jambes écartées. Elle fumait une cigarette de répit.

— Tiens, dit-elle, te voilà ? Donne-moi ta marionnette américaine, j'ai cinq minutes pour lui raccommoder son œil.

Quand ce fut fait, elle regarda Jimmy Fast dans les boutons :

— Il a de beaux yeux maintenant.

— Oui, dit Tim. Mais ses oreilles les cachent.

— Pas grave, dit la dame, de toute façon, il ne nous entend pas.

— Erreur, dit Tim. C'est parce qu'il a la volonté farouche d'être sourd.

Le reste de l'après-midi fut proprement odieux. Le genre d'emploi du temps à meubler où vous ne savez vraiment pas quoi faire de vos foutues rotules. A ce propos justement, Tim se mit à gratter une croûte qu'il avait sur le genou gauche. Il se fit saigner exprès en regardant la télévision du fond d'un fauteuil. L'appareil était à la portée de tous, pensa Tim. Aussi passa-t-il sur une autre chaîne où ils donnaient un western. Tant pis pour le vieil Anglais qui larmoyait devant un spectacle de gens qui parlaient en faisant de grands gestes inutiles.

Mister McGregor ne protesta pas. Mais il approcha son fauteuil de celui de Tim. Et se présenta. Pour parler plus commodément avec son jeune ami, il éleva l'intensité de son appareil contre la surdité. Il se mit à siffler comme une cocotte-minute. Il le fit juste au moment où John Wayne disait quelque chose d'important au sujet de la diligence. Il puait le whisky et devint très ami avec Monsieur Jimmy Fast qu'il prit sur ses genoux.

Mister Fast avait tellement bourlingué qu'il était capable de s'entendre avec n'importe qui. McGregor était très intéressant sur ce point. Il avait été capitaine de corvette lors d'une guerre reculée. Il avait coulé deux fois à pic. Dont une en mer de Chine.

A la fin du film, il tira de son gousset des gouttes contenues dans une petite bouteille. Il en fit tomber trois larmes dans son verre. Et but tout. Jusqu'au bout. Jamais vu une application pareille.

— C'est pour mes vieux boyaux, expliqua-t-il. Mais si j'en prenais trop, je mourrais.

— C'est un poison ?

— C'est un médicament pour les grandes personnes quand elles n'ont plus rien à perdre, dit le capitaine McGregor.

Il avait un cancer. Voie d'eau à babord. Des douleurs abominables.

— Oh ! God, j'ai ma dose aujourd'hui, marmonna-t-il en se tassant dans son fauteuil.

Ayant ainsi parlé, il porta la main à sa casquette de marine et salua Tim.

— Et maintenant, en route pour les mers de Chine, dit-il.

Il ferma son appareil sonotone et, coupé de l'amère réalité, s'endormit sur-le-champ. Tim le laissa dériver un moment sur l'océan. Puis, dès qu'il eut noté un sourire de satisfaction sur le visage du capitaine, il récupéra Monsieur Fast qui s'ennuyait sur ses genoux. Monsieur Fast avait la main dans sa poche.

Quand Timothée frappa à la porte de son père, personne ne répondit. Il entra donc dans la chambre de sa mère. Elle avait des taches rouges de contrariété sur la base du cou. Elle était en train de boucler sa valise.

— Ta mère s'en va, dit la voix brisée du père.

Tim sursauta. Son père se tenait derrière lui. Il avait pris dix ans sur le visage. Ils avaient oublié d'allumer la lumière dans la pièce. Les ombres ne les arrangeaient pas.

— Les parents sont dégueulasses, dit Tim. Tout permis ! Ils n'en font qu'à leur tête ! Ce sont les enfants qui devraient avoir le droit de divorcer.

— Il y a des choses qu'un petit garçon ne peut pas comprendre, dit la mère.

Elle fit un aller et retour de la penderie à la valise. Elle tenait une culotte noire. Elle avait des cernes sous les yeux.

— Les femmes sont des putains, dit Tim.

Il prit aussitôt une gifle derrière l'oreille. Et courut s'enfermer dans les cabinets. Il baissa son pantalon et se mit sur la lunette pour réfléchir. En face de lui, Monsieur Fast était étalé de tout son long sur le carrelage.

— Retire ta main de ta poche, salaud, lui dit Tim.

Il obligea la poupée à le faire. Au fond de la poche de Jimmy Fast, il trouva tout de suite le flacon du capitaine McGregor. Tim prit la marionnette par les épaules et la regarda droit dans les boutons :

— Ce que tu peux être cruel, dit-il à Monsieur Fast.

Après, ce fut le soir. Et tout le monde s'était à nouveau réconcilié.

En entrant dans la salle à manger, Tim pensait que c'était infâme, une telle hypocrisie devant la terre entière. Et puis ce menu à faire vomir avec toutes ces choses compliquées et écœurantes. Et ses parents encore qui s'extasiaient à la perspective de ce qu'ils allaient dévorer. Elle, des truffes au champagne. Lui, un tripoux à l'auvergnate. Quelle horreur ! Et le père qui touchait la main de la mère pendant qu'elle lisait cette foutue recette :

— Moitié vin de champagne, moitié fond de veau brun tiré d'un fond braisé... tu te rends compte, chéri ?

— Tu m'as appelé chéri ? s'épanouissait le père. Il transpirait de bonheur. Dis, ça ne t'ennuie pas trop si je reste fidèle au tripoux ?

Il riait. Les yeux dans les yeux de sa femme. Elle, juste gourmande, qui les rebaissait sur le menu avec un sourire abject. Une sensualité basse. Elle salivait sur place. Oui, Tim était sûr qu'à cette minute même elle parlait avec de l'eau dans la bouche :

— Dresser dans une timbale d'argent... Réduire des deux tiers le fond de cuisson... Passer au chinois sur les truffes... Couvrir et servir aussitôt... Ah ! ça me donne faim !

— Moi, ça me rend heureux, dit le père. Exactement comme autrefois.

Non mais ! Dégueulasse ! Et en attendant, comble de tout, une soupe aux poireaux pour commencer.

Tim repoussa son assiette avec dégoût. Sous la lampe qui lui faisait des cheveux d'herbes sèches, le père dit à son fils :

— Mange !

Et il lapa sa soupe. Un poireau fila au coin de ses lèvres.

La mère dit à son fils :

— Mais mange !

Elle avala aussi une cuillerée de soupe. Elle ajouta une pincée de sel dans sa propre assiette. Elle n'avait plus du tout son aspect « intact » du premier jour. Son visage reprenait des traits anciens. Les mêmes que ceux qu'imaginait Tim quand il s'était ouvert les poignets. Il n'arrivait plus à être indulgent pour cette femme. Tim pensa bien à son derrière, histoire de lui trouver des circonstances atténuantes, mais Jimmy Fast ricana. Le sexe comptait assez peu pour lui. Son truc, c'était plutôt le meurtre. D'ailleurs, il était très concentré sur l'ensemble de la situation.

Tim le consulta du regard et mit carrément son coude dans son assiette. Elle se renversa très convenablement.

— Eh bien voilà ! Tu as gagné, dit le père.

— Il l'a fait exprès, dit la mère.

— Tu seras privé de dessert, dit le père.

En mangeant, il regardait la main droite de sa femme. Diana portait une bague qu'il ne lui connaissait pas. Un saphir ou Dieu sait quoi. Il n'avait jamais été capable de reconnaître les pierres. La mère surprit son regard et glissa sa main à l'abri de son assiette. On aurait dit un crabe tapi sous un rocher.

— J'aime pas les poireaux, dit Tim pour se rendre vraiment désagréable avec ces gens-là.

— J'aimerais bien savoir ce que tu aimes ? dit la mère.

— J'aime le surgelé, fit-il. Principalement Findus. Les crêpes au fromage. Et aussi tout ce qui est italien.

Le père leva rapidement les yeux sur sa femme.

— Depuis que tu nous as quittés, dit-il, nous faisons beaucoup dans la pizza surgelée.

— Et dans la nouille, dit Timothée. J'aime les Bobolino déshydratées par-dessus tout.

La mère fit ce qu'il faut sur un visage pour que ça ressemble à un sourire. Mais le cœur n'y était pas. Jimmy Fast était bien assez psychologue pour s'en rendre compte.

— Vivement les truffes, dit la mère de Tim. Et après, je partirai comme j'ai dit.

— Rien ne presse. Nous en parlerons après le dîner, dit le père.

Il leur servit du Cahors.

— Non, dit la mère. Non, cette fois, c'est inutile d'argumenter. Ma décision est prise.

La serveuse vint à leur table et ramassa les assiettes creuses. Ils se turent.

— Je vais aux cabinces et je me grouille, annonça Tim. Houla, ça presse.

Il se leva dans un bruit de chaise. En courant, il tourna le coin du couloir. Il fonça tout droit sur le monte-plats. Il trouva sans difficultés la cassolette de truffes au champagne. A côté des autres plats, elle fumait en attendant qu'on la serve.

Timothée se retourna. Il était seul avec Jimmy Fast.

Maintenant, les truffes étaient sur la table. L'odeur de la nourriture faisait palpiter les narines des adultes. Jamais les parents de Tim n'avaient été aussi proches l'un de l'autre. Ils se regardaient en souriant.

Tim cala son visage entre ses mains. Des veaux ! C'était donc ça le bonheur ? Le p'tit bonheur ? Les yeux de Tim se rétrécirent à l'extrême. Il attendait. Plus qu'à attendre.

— Prends au moins un morceau de tarte, lui dit sa mère.

Elle avait un reste de mauvaise conscience.

— Non, non, dit Tim. Rien ! Et pas besoin d'être aimable parce que tu t'en vas, m'man. J' suis pas malheureux.

— Je ne te manque donc pas ?

Elle eut un sourire de ravissement.

— Humm !... Aah !... Ooooh !... succulent ! exhala-t-elle.

Elle venait de goûter une truffe.

— Alors, je ne te manque pas ?

— Pas du tout. J'aime autant ne pas avoir mes deux parents sur le dos.

— Oh mais... dis donc, c'est ça qu'il t'apprend, ton père ?

Elle avait la bouche pleine.

— Ça. Et que tu nous as plaqués pour un type dans les affaires.

— Mais... Mais je ne te permets pas de me parler sur ce ton, Tim. Tu m'entends ?

— Cinq sur cinq, dit Tim.

Il mit carrément son index dans son nez. Parce que dans vingt minutes, de toute façon, il serait un enfant libre.

— Eh bien, mais dis quelque chose, toi ! dit la mère au père. Reprends ce petit morveux, entonna-t-elle, mais le cœur n'y était pas.

— Si tes truffes sont si fameuses que ça, dit le père, tu ne devrais peut-être pas fumer en mangeant.

Mais elle alluma tout de même une cigarette. L'excès permanent des nerfs qui faisait ça. Elle souffla sa fumée par le nez. Elle tremblait. Cause de détraquage urbain.

— Pourquoi que t'habites à Paris, m'man ? demanda Tim.

— Parce que le monsieur avec qui je vis est obligé d'être à Paris, dit la mère.

Elle se resservit des truffes.

— Il fait quoi déjà ? demanda Tim.

— Il est un des inventeurs de l'éconoscope, dit la mère.

Elle écrasa son clope dans un verre d'eau et piqua un gros morceau de truffe dans son assiette. Elle l'enroba de sauce. Elle l'enfourna dans sa bouche un peu grasse. Elle ferma religieusement les yeux.

— Déconoscope ? demanda Tim à son père.

Le père sourit à son fils et remonta ses lunettes. Il était plus sympa que sa femme. Mais tellement faible.

— Comme disait ton grand-père avant l'inflation, dit-il à l'enfant, celui qui ne sait pas qu'Erasosthène est l'inventeur du mésolabe est un sacré imbécile.

— C'est absurde, dit la mère en portant la main à son estomac. Personne ne sait cela.

— C'est bien ce que je dis, sourit le père. Nous sommes tous des imbéciles. Jusqu'à ce que tu me quittes, je ne savais pas ce qu'était un éconoscope.

— Il est riche alors ton jules ? demanda Tim à sa mère.

Il mourait de sommeil.

— C'est... C'est quelqu'un qui travaille beaucoup. Il est très attaché à ses recherches.

— Oui, mais tu ne m'as pas répondu... Il est riche ?

— Pas encore, là ! En fait, cette affaire de pièces détachées est à sa mère.

— Une sorte d'Œdipe mécanique, en quelque sorte, dit le père.

Elle haussa les épaules.

— J'ai mal à l'estomac, dit-elle. Envie de vomir. Et d'ailleurs, je m'en vais.

Elle repoussa son assiette. Tim serra le bras de Monsieur Fast qui avait envie de crier de manière stridente.

— Je m'en vais, répéta la mère. Si je veux être à Paris demain matin, il faut que je m'en aille.

Elle se pencha pour embrasser vaguement le gamin.

— S'il est riche, ton fiancé, il pourrait pas faire crédit à Papa ? dit Tim. Pour les pensions alimentaires, hein ? Il rame, papa, à la fin du mois...

— De quoi je me mêle ? dit la mère.

Elle alla prendre son manteau à la patère.

— De mon argent de poche, dit Tim. P'pa n'arrive pas à m'augmenter. Avec le chômage, il suit plus le cours de la vie.

La mère se tenait debout devant le père. Il restait sur place comme s'il était écrasé par Dieu sait quoi.

— Reste encore un peu Diana, dit-il d'une voix morne. Je t'en supplie, reste.

Il transpirait abondamment.

— Non. Pas de dessert. Rien, dit la mère. D'ailleurs, j'ai mon estomac qui me brûle à hurler. Toutes ces contrariétés qui se mélangent.

Elle tendit sa joue à son mari.

— Si tu es vraiment gêné, envoie-moi ma petite enveloppe seulement dans quinze jours, chuchota-t-elle.

Elle fit gravement signe à Tim. Elle s'élança hors de la salle à manger. Elle courait presque. Le père baissa les yeux et repoussa son assiette de tripes en balayant la table. N'importe comment. Un verre s'inclina et se brisa au sol. La serveuse accourut avec un sourire fabriqué.

— Plus faim, monsieur ? demanda-t-elle.

Il ne répondit pas. Tout lui paraissait gras.

— J'ai fait ce que j'ai pu, dit Tim. Pas moyen d'être exonérés.

— Oui, va te coucher, Tim, dit le père. Merci.

— De rien p'pa. Je vais me zoner...

Il sortit de la salle à manger avec Jimmy Fast dans ses bras. Le père resta seul. Il s'essuya un œil, voilé par une larme.

— Mademoiselle, dit-il à la serveuse, apportez-moi un café très fort.

Comme Tim montait l'escalier, il entendit claquer une portière de voiture sur le parking. Il n'entendit toutefois pas démarrer le moteur. Il s'assit sur la dernière marche avant d'accéder au palier du premier étage. Il tourna vers lui la sale gueule de travers de Monsieur Fast.

— Peut-être est-elle déjà morte ? demanda-t-il à la poupée.

Mais Jimmy ne répondit pas. Il avait les boutons qui tombaient de sommeil. Jamais vu une conscience tranquille comme la sienne.

— Vieux salaud... assassin. Viens te coucher, ordure, lui dit Tim.

Il lui enfonça amicalement les boutons au fond des orbites avec ses pouces. Il se leva en bâillant. Soudain, il y eut des cris et des piétinements dans le hall du bas. Timothée se pencha sur la cage de l'escalier. Il aperçut son père qui passait en courant. Aussitôt après, la dame de la cuisine fit son apparition en bas de l'escalier. En découvrant Tim, elle dit :

— Mon Dieu !

Et monta les marches quatre à quatre. Elle s'accroupit. Elle était très pâle en dévisageant Tim. Elle essaya de sourire.

— Ta poupée a de beaux yeux, maintenant, dit-elle pour être aimable.

— Oui, dit Tim, mais ses oreilles les cachent toujours.

— Pas grave, dit la dame de la cuisine. Demain, nous y ferons un point. Et puis de toute façon, Jimmy a le physique qu'il mérite. Il ressemble à une vieille fripouille, tu ne trouves pas ?

— Exact.

— C'est bien ce qu'il est, n'est-ce pas ?

— Oui. Un alcoolique. Mais attention de ne pas parler de ça devant lui. Le whisky et le chagrin lui donnent un caractère de chien, ces temps-ci.

— Ça, on s'en moque, dit la dame de la cuisine. D'autant qu'il ne nous entend pas.

Les cris reprirent au rez-de-chaussée.

— Erreur, dit Tim. Il nous entend. C'est juste qu'il a la volonté farouche d'être sourd.

Il arracha brutalement sa poupée des mains de la dame.

— Viens te coucher, super-ordure, dit-il à Jimmy Fast, maintenant, nous avons beaucoup de surgelés devant nous...

L'été exaspérant
où il a fait si chaud

à Claude Courchay

« L'obsession des femmes est vitale, elle correspond à un besoin de vertu. »

Antonin ARTAUD

Chanson rouge dans ma tête et sa bouche, un rouge-gorge. Dès que je la vois, je la suis. Elle bouge devant moi.

Souvent, j'aime tellement les femmes, qu'elles me dévorent le ventre. Je les remarque. Je les suis. Je les veux. Et je n'ose rien entreprendre. Il arrive qu'elles se détournent, excédées par ma présence. Je bats retraite. Je change de trottoir. De l'autre côté de la rue, je reste avec elles bien après qu'elles m'ont oublié. Et de retour chez moi, excusez, chez ma tante, vous n'imaginez pas ce que ça me prend de temps, d'énergie, et de désespoir de repenser à leur corps.

J'ai vingt-quatre ans et je n'ai jamais connu de femme.

Boulevard Sébastopol, cheval-braise dans mon ventre et chanson rouge dans ma tête, dès que je vois celle-ci, je la suis. Elle est menue. Elle a les épaules rondes. Elle est châtain. Elle est quelconque.

C'est Celle-là. Je l'ai choisie et je la suis.

Nous marchons.

Elle ne sait pas que j'existe. Elle a d'assez jolies jambes. Une manière à elle d'avancer comme une danseuse, de tâter le terrain avant de poser la pointe du pied, tourné vers l'extérieur. Elle marche dans un silence d'espadrilles.

Autour de nous, Paris transpire. Paris suffoque. Paris s'échauffe pour un rien. Asphalte pleure et poussière vole, porte Saint-Martin, sous les pneus des jets-tours, coule un ricils de tarmacadam. Du Palais-Royal à la place de l'Etoile, vingt mille Japonais ont l'œil instantané. Au millième de seconde, ils ferment l'iris sur tout ce qui bouge. Coït, coït, coït. L'amour télémétrique est en progrès. F 16 par temps clair, et pas de sentiments. Paris-diapos n'a pas d'haleine. L'été Fujicolor a magistralement commencé.

Elle est devant moi. Je la suis. Sa robe de quatre sous danse sur sa croupe. Balance, balance, l'été se faufile sous sa peau.

Je m'approche d'elle. J'ai senti son odeur, il me semble. Elle se retourne. Elle ne me voit pas. Elle ne me voit pas plus que les autres. Pas pour le moment. Je baisse les yeux pour ne pas rencontrer son regard. Je suis une simple jambe du mille-pattes. Nous avançons, paisibles et moutonniers. Nous sommes une foule, les Parisiens d'un jour de fête. Demain sera 14 Juillet, affichent les drapeaux. Au jeu du lèche-vitrine, je n'ai pas de tête. Pas de caractère. Pas de sexe. Pas de force. Pas encore.

J'ai vingt-quatre ans. Et je suis Frank. Frank. le puceau de la rue Garancière

Nous avons marché tout l'après-midi, elle n'avait rien à faire. Sa vacuité d'esprit, sa passivité lourde, nous faisaient choisir des rues de hasard. Pas d'ordre dans son itinéraire. Pas de choix véritable. De temps à autre, l'assaut de la chaleur nous faisait passer à l'ombre. Ou bien, délibérément, c'est le soleil que nous choisissions. Devant nous, la Ville, mosaïque de fenêtres et de toits, offrait ses reposoirs. Cafés, cinés, couloirs, hôtels, nous les négligions tous. La fille que j'avais choisie se contentait de marcher.

Nous nous enfoncions, elle et moi, dans les rangs d'une cohorte sans cesse renouvelés d'hommes et de femmes vivant leur propre théâtre. Le nôtre, nos gestes, nos sensations, étaient liés sans qu'elle le sache par la proximité de nos sillages. Nous étions jumeaux de sa liberté.

Où elle allait, j'étais.

Devant un bijoutier, nous avons vu un Noir qui imitait un avertisseur de police en contemplant des montres. A hauteur du Rex, nous avons croisé un homme qui se promenait en smoking, malgré la canicule. Ses pantalons, gancés de soie noire, étaient rentrés dans des bottes de caoutchouc. Elle s'est retournée sur son passage. Elle a cherché quelqu'un pour partager son amusement. Elle souriait à la foule entière. J'ai regardé ailleurs, salope. C'était trop tôt.

Trop tôt pour communiquer. Plus tard, plus tard, quand elle serait à moi, quand elle aurait admis mon sexe dans son ventre, seulement alors, nous pourrions parler. Et rire, si elle le voulait. Et partager ce qu'elle voudrait, petite fille, parce que je serais délivré. Et gigantesque.

Nous avons marché plus loin.

Je m'efforçais d'*être* ce qu'elle ressentait. De voir avec ses yeux. D'interpréter ses comportements. Ses arrêts. Ses soupirs. D'exagérer le moindre plaisir qui lui montait au visage. Je voulais, j'aurais voulu avec ferveur et désespoir, que le mien passe par le chas de sa sensualité. Je dépendais par un fil entièrement d'elle. Elle me cousait, en quelque sorte. J'apprenais ses contours. Ses hanches. Et j'avais décidé de l'aimer.

A Bonne-Nouvelle, elle a levé la tête vers le fronton d'un ciné porno. Le titre du film était horrible. Dégoûtant, je veux dire. C'était écrit en jaune criard : *Le Prof enseigne sans préservatif.* Le genre de phrase qui m'angoisse. Avec mon aspect qui me fait horreur, je n'aimerais pas avoir à faire un bébé qui soit de moi.

Soudain, nous avons eu soif. Elle s'est assise à la terrasse d'une brasserie. Elle a bu une orangeade. J'ai pris un Perrier à côté d'elle. Nos voisins immédiats, un couple, se sont levés. Le type était du genre effacé. Sans âge ni provenance.

Il a repoussé sa chaise. Il a demandé à sa femme en lui tendant la main :

— Et il est mort ?

Elle lui a répondu :

— Bof. Il n'a pas vécu.

Et ils se sont fondus dans la foule, emportant avec eux leurs pans d'éternité.

J'ai regardé du côté d'Elle.

Elle avait sorti son portefeuille. Elle examinait un permis de conduire tout neuf. Elle était photographiée en couleur. Ça ne lui ressemblait pas. A « prénom », elle s'appelait Thérèse. Je n'ai rien contre ce vocable. Après, elle a refermé son sac. Elle a cousu ses paupières sur ses yeux. Elle s'est renversée en arrière sur sa chaise qu'elle avait cabrée. Elle a souri au soleil. Et c'était rien bath autour de sa bouche, elle avait des fossettes.

Sans qu'elle le sache, Thérèse, j'ai fixé ses seins, son coeur, sa cible. J'ai pensé à elle, Thérésa. A son intimité, Tessa, Tessie, Terry, Tracy. Avec une concentration extrême, je lui ai insufflé à son insu, Teresita, Reslie, Tesja, un message excessivement brûlant. Télépathiquement, je suis assez aguerri, elle a dû recevoir un sacré paquet d'ondes.

Elle a rouvert les yeux comme quelqu'un d'étourdi. Elle a secoué la tête en ouvrant sa bouche vers la lumière. Disponible, à mon avis. Comme si elle voulait happer tout le ciel bleu. Une boulimie des sens. J'ai pris ce qui me revenait de son bonheur, une large part. Je me suis dit que je lui en donnerais encore bien davantage quand mon énorme sexe serait très profondément installé en elle.

J'avais vraiment envie qu'elle m'aime.

J'ai bu un peu d'eau à ressorts. C'est mon père qui disait cela à propos des eaux gazeuses. Mon père! Quand on n'a que l'amour des autres pour vous inciter à vivre, c'est peu dire que notre époque est décourageante! D'ailleurs, d'une manière générale, j'ai du mal à appréhender le sens de l'existence. Sans doute tellement mon parcours a été connement fléché dès le départ.

Ma mère, prenez. Je ne l'ai jamais connue. Coquine et gigolette, sur une photo jaunie, tout ce qui me reste d'elle, c'est un éclat de rire sur une plage et « mille baisers à tous, signé Lucette ». Au jamboree de l'affection, mon héritage était plutôt maigre.

Quant à mon père, c'était une autre sorte. Un cas que je n'ai jamais élucidé. Au début, comment dire? Chez nous, c'était Saint-Ouen. Une rue longue. Droite. Déserte et sale. Avec des restes de pavés traversés par des rails. A l'usine d'empaquetage, le Pater était syndicaliste. C'était son époque rouge, genre fort sur la rouscaille. Les ouvriers, la condition, il rabâchait. Pétardier pour un oui. Social à tout crin. Pour un non, rembinant la sérénade. Jamais crevé pour la proteste. Pour le libelle. La pétition. La conteste. Le défilé. Prêt à la démonstration, à la solidarité. Chiche pour le piquet. Hardi sur la manife. Bref, rossard comme pas.

Et puis là-dessus, cette année-là, j'ai attrapé treize ans, je me souviens. Une bonne grippe m'a épouvanté le nez. Et quand j'ai recouvré la santé, papa s'était galopé avec la fille du patron. Plus jamais entendu parler du prolétaire. Evanoui. Dissous. Et le médecin pas payé.

Si, une fois, bien plus tard, je l'ai rencontré, le fuyard de misère. Avenue Foch, il me semble. Il avait une cravate et il tenait un chien en laisse. J'ai regardé passer l'équipage dans les clous. L'animal a fait pissette dans le caniveau. Catégorie clebs dalmatien, il était rompu au vespachien. Oh ! Je voyais bien le genre de bête ! La truffe polie avec les dessous des dames. Aboyant pas dans les salons, prêt à toutes les lèches. Et pas nourri au rogaton. Quant à papa, il avait les joues basses. Une gueule de vieux flûtiste. Tout cet argent, j'ai pensé, il avait avalé ses lèvres. Il est monté dans une Rover à chromes. Au moment où il allait démarrer, nos yeux se sont croisés. Je ne lui ai pas fait signe ni rien. D'ailleurs, il ne m'aurait pas reconnu.

Entre-temps, il convient que je dise, Tante Zo m'avait élevé. Et je pesais cent vingt kilos.

J'essuie mes mains moites. Je regarde mes mains potelées. Je mets mes mains dans mes poches.

Thérèse et moi, nous avons marché tout l'après-midi. On est allés au ciel. On est allés au ciné. J'étais juste derrière elle. J'ai appris sa nuque par cœur. J'ai touché son épaule pendant qu'Isabelle Adjani tuait Michel Serrault sur l'écran. A mon avis, 'Zabelle, elle faisait ça pour en finir une bonne fois avec l'image du père.

Et puis après, la lumière s'est rallumée, les couples ont arrêté de s'embrasser et c'était la fin du jour.

On a fini par prendre le métro. Deux tickets de première. Direction porte d'Orléans. La chaleur continuait à peser lourd. Elle marquait les visages. Les gens devenaient bidoche. Les maquillages étaient moins arrogants. Les estomacs un peu plus dilatés. C'était la bière qui ptôsait le plus. Il y avait des femmes mal atterries sur les bancs. Elles avaient des filets, des sacs en plastoche, des paquets de shopping autour d'elles. Elles s'abandonnaient carrément pour la plupart. Guiboles écartées, le pied à côté du soulier, elles se frottaient les mollets pour rétablir une circulation défaillante.

J'ai frôlé Thérèse à la sortie de l'escalier mécanique. Elle semblait pas souffrir de l'été. Elle était nette. Intacte. Elle avait bien profité de sa journée. Tant mieux. On était contents.

On a attendu la rame. J'étais devant un avertisseur jaune. J'ai lu les instructions. Ils disaient qu'on pouvait casser la vitre. Appuyer sur le bouton. C'était écrit : « En cas d'agression, on peut entrer en rapport avec le chef de station. »

J'ai fixé le ventre de Thérèse. J'ai imaginé sa courbe. Plus bas, son triangle. Ses poils couleur de miel. J'ai tellement l'habitude furtive d'escalader les femmes sous leurs vêtements que je suis devenu imbattable en matière d'évocations souterraines.

Malsain ? Je n'aimerais pas qu'on dise cela.

C'est plutôt l'abus de la solitude qui m'a rendu sournois. A force de ne communiquer avec personne, votre vie intérieure prend des proportions inquiétantes. Elle se boursoufle. S'exagère. S'encourage. Pour faire durer le temps, vous êtes obligés de vous raconter des tas et des tas d'histoires biscornues. Et ça vous gonfle, cette affaire-là. Vous devenez plein de fracas personnel. Votre imagination galope devant vous. S'énerve. Répond à la moindre de vos sollicitations. Vous devenez montgolfière, pour ainsi dire. Vous volez au-dessus des autres types. Nettement. A cause de votre hélium intérieur, justement. Et souvent, vous êtes tellement obsédé par tout ce qui déferle en vous comme pulsions, que vous avez envie d'anéantir votre intelligence.

Cent fois, j'ai failli avaler un fusil de chasse par la bouche. Cent fois, j'ai failli me faire sauter la tête.

Sur le quai, un chuintement pneumatique a fait tourner les visages. Un peu d'air suffocant est passé sur nous autres. Le métro a ouvert ses portières. Je me suis assis près de Thérèse. Ça ne lui a pas été très agréable. Par les chaleurs, je transpire pas mal et mon satané corps tient beaucoup de place à lui tout seul.

C'est la faute de Tante Zo.

Ne croyez pas que je vais dire du mal de cette femme-là. Zo était super Zo. C'était même une personne majestueuse. Outre un profil de médaille, elle aurait pu s'appeler une sainte. En fait, c'était plutôt un grenadier du Christ. Un kamikaze du devoir accompli. A l'ombre de Saint-Sulpice, rue Garancière, n° 6 exactement, elle m'a élevé en papillotes. Gavé de tartes, de religion, de prévenances et d'argent de poche. J'ai eu le genre d'adolescence qui ne peut plus se passer de sucre. Tante Zo voulait que tout soit fondant autour de moi. Mou. Moelleux. Sans aspérités. Sans raideur. Sans difficultés. Elle avait peur que je tombe, que je me perde dans les rues, que les filles me donnent de l'herpès. Elle avait organisé avec un soin d'assassin un monde de guimauve d'où j'émerge encore à peine.

Aujourd'hui n'est que mon cinquième jour de liberté. J'ai étouffé tante Zo mardi dernier, avec son oreiller brodé. Elle n'a pas souffert, il m'a semblé.

Désolé, elle m'aimait beaucoup trop pour que ça dure entre nous.

Ah ! Pardon ! Excuse !

Thérèse s'est levée si subitement qu'elle a bien failli me perdre ! Salope-enfant, elle a giclé sur le quai si vite ! J'ai failli ne pas passer entre les portes. Il a fallu que je coure pour la rattraper. Je n'aime pas devoir le faire. Au-delà de cent vingt kilos, vous ressentez péniblement chaque rebond, chaque gramme de votre lard dès que vous martelez le sol. Toute votre graisse qui ondule, roule, tape, irradie, communique et se distend autour de vos entrailles. Zo m'a rendu obèse. Par pure charité. Le sucre, le sucre, je ne sais plus m'en passer.

Thérèse court devant moi. Je m'essouffle. Pourvu qu'elle s'arrête. Pitié, j'ai une boule d'agonie dans la gorge. J'ai deux sucettes dans ma poche et je n'ai jamais tenu de femme entre mes bras.

Voilà. Il est vingt heures. Gare Montparnasse. Salle des pas perdus, la moiteur ne cède pas le terrain. J'essuie mon front. Elle marche devant moi. Le balancement de sa robe dessine ses fesses. Elle entre dans une agence de voyages.

J'attends.

Il y a cent quarante-deux pas du Dolmen, bar américain, à la galerie ouest, avec glaces et photomaton. Un slogan S.N.C.F. dit : « Gagnez du temps, voyagez de nuit, en voiture-lit. » Au kiosque à journaux, ils vendent *La Bretagne à Paris.*

Je me retourne. Elle vient de ressortir. Elle tient des prospectus sur la Grèce et le Portugal.

Tickets. Lignes de banlieue. Nous compostons. Quai nº 6. Je suis. J'ai rendez-vous avec elle tout au bout du parcours. Nous avons pris le train pour Meudon. Moleskine de deuxième classe. Les gens ont l'air harassé. Les aiguillages disposent de nous. Je m'enferme en moi-même. Au travers de l'étoffe de ma poche de pantalon, j'évalue mes forces entre mes jambes. Elles sont considérables. Mesdames et messieurs les voyageurs, je bande. A deux banquettes de là, Thérèse rêve à Estoril.

Aussi vrai que je m'appelle Frank, ce soir sera irréparable.

* * *

Frank est en face de chez Thérèse. Voilà deux heures qu'il est tapi devant chez elle. Il se tient immobile. Autour de lui, rôde une odeur de jardins. De terre arrosée. De compost qui sommeille. Derrière le mur mitoyen, un rire de femme s'envole par à-coups. Comme une fusée, il brûle ses étages. Il dérape dans l'aigu, puis tout, soudain, se casse.

Une porte vitrée à la volée se referme. C'est fait. Plus un pas dans la rue. Dans le square de la mairie, protégée par le flanc d'un tronc d'arbre, la silhouette poupine de Frank bouge à peine. Non loin d'un robinet d'arrosage, dans un halo technicolor, une horde de moustiques dévide un dernier ballet manivelle.

Doucement, le temps s'effrite.

Il y a une demi-heure à peine, la lumière d'été a été obligée de descendre de son échelle. D'un coup, sur la façade de la villa de pierres meulières, elle est devenue trop faible pour supporter davantage le poids des espaliers. Maintenant, la lune, groupie du soleil, dessine Meudon à l'encre de Chine.

Les petites maisons de banlieue, froissées dans les jardins, se serrent le long des sentiers noirs inclinés vers les pentes de la colline de l'Observatoire. Au fond du ciel éclatent, comme de lointains échos d'une bataille, les nuages. Les tilleuls mettent leurs bras en travers du trottoir pour contenir la nuit. Les becs de gaz jettent des baquets de fluor sitôt bus par les feuilles. Les chauves-souris embrouillent leurs lignes compliquées. Au bout d'une chaîne, un chien aboie nerveusement. La mairie éteint son horloge et oublie son état civil.

Frank bouge sur les graviers. Son visage attentif apparaît dans la clarté blafarde. De l'autre côté de la rue, la petite maison de banlieue a laissé tomber ses épaules. Elle a croisé ses tuiles sur sa tête. Elle fait longtemps mine de dormir. Et puis soudain, au premier étage, la lumière s'allume. Frank fixe la fenêtre avec des yeux blancs. Il sait que Thérèse est là.

Sur ses pieds gonflés, il traverse la rue.

Thérèse est allongée. Elle est nue sous un drap. Elle a pris deux comprimés pour dormir. L'excitation, une étrange vibration d'elle-même, l'empêche de trouver le sommeil. Elle fixe le téléphone. Elle allume une cigarette et elle compose un numéro qu'elle connaît par cœur. Il y a trois sonneries avant qu'une voix jeune ne lui réponde. Thérèse a eu le temps de se pencher et de trouver à tâtons un cendrier sur le tapis. Elle est maintenant sur le ventre, en diagonale de son lit. Le drap s'est enroulé autour du côté droit de son corps. Le côté gauche est découvert. Elle dit :

— Maman ? C'est moi. C'est Thé. Je te dérange ?

La voix répond juste :

— Non. Je viens de me coucher. Mais ne sois pas trop longue, parce que ton père dort déjà.

Thérèse dit :

— Comment va Jérôme ?

Et elle exhale sa fumée par le nez.

— Il a joué tout l'après-midi avec le gosse des voisins. Il a appris trois gros mots. Il a volé des pommes sur le buffet... Est-ce que je dois lui dire que je l'ai vu?

— Est-ce qu'il a demandé après moi ?

— Il a dit que sa mère avait envie de se promener... As-tu été heureuse, au moins ?

— Oui. Heureuse et malheureuse. Le soleil était bon à prendre.

— Tu vois bien... Il faut que tu réapprennes à vivre, ma chérie. Un mari, après tout, c'est juste quelqu'un avec lequel on a ses habitudes.

Thérèse étouffe un rire qui sonne faux.

— Une chance que papa ne t'entende pas. Il n'aimerait pas du tout être rangé avec les vieilles casseroles.

Elle se retourne. En se cambrant, elle regarde la partie d'elle-même qui est découverte. Elle touche sa peau. La rondeur de sa fesse.

— Il faut te trouver un gentil garçon, Thérèse. C'est tout à fait possible à ton âge.

— Au fait, j'ai suivi tes conseils, maman. Je me suis renseignée pour le Portugal.

— Bravo, ça c'est bien. Prends des vacances et reviens-nous bronzée. Combien de temps te reste-t-il à prendre sur tes congés ?

— Trois semaines.

— Profites-en...

— Mais je ne partirai que huit jours... Je ne veux pas que Jérôme pâtisse de la situation.

— Penses-tu ! Les enfants du divorce sont bien plus vivaces que les autres. Tu peux partir sans remords.

— Tu es ma mère préférée, dit Thérèse dans un élan.

— Je suis surtout sûre d'avoir raison, dit la voix jeune. Est-ce que tu crois par hasard que ce salaud de Bernard a eu tous ces scrupules quand il a décidé de te laisser tomber ?

— Oh ! Laisse ça tranquille, dit Thérèse, c'est sans doute moi qui n'ai pas su le retenir...

Elle a une mauvaise buée devant les yeux. Elle éteint sa cigarette en plusieurs fois. Le paquet de Camel roule sous le lit.

— Bon, eh bien je vais essayer de roupiller, dit-elle au bout d'un moment. Après tout, j'ai pris des comprimés pour ça...

Elle se passe la main dans les cheveux. Elle a le front bombé. Elle ajoute :

— Quelle chaleur, tu ne trouves pas ?...

— Oui. Il a fait si lourd, soupire la mère de Thérèse. Et tiens, voilà ton père qui est parti pour ronfler, maintenant ! Il a trop chaud, c'est sûr... et toujours, il veut garder la couverture. même en plein été.

— Moi, j'ai laissé toutes les fenêtres ouvertes, dit Thérèse. Si tu voyais le ciel, ici c'est une nuit splendide.

Elle bâille, Thérèse. Elle bâille à s'en décrocher la mâchoire.

Thérèse est dans son premier sommeil. Elle aborde une sorte de coma familier dans lequel la jettent toujours les neuroleptiques. « Ma nouvelle mort », comme elle l'appelle. La nuque est raide, les tempes épaisses, la langue tannée. Ce soir, Thérèse accepte d'être vaincue. Elle ne se retient plus de sombrer dans un marécage où l'on perd la densité du corps.

Pourtant, elle a la sensation sourde qu'on la touche. Qu'elle porte un fardeau sur son ventre. Qu'on creuse un trou dans elle. Elle lutte un peu. Et c'est si dur de se réunir avec cette drogue. Elle a une impression d'eau. C'est ça. Elle nage dans une poche d'encre. Avec ses mains, elle aimerait écarter des végétaux opaques. C'est aussi difficile que de passer au travers d'un dessin de Hartung. Aquarium blême, ses propres cheveux deviennent des cryptogames qu'elle refuse d'avaler.

Elle hésite entre la lucidité et l'inconscience. Entre la paresse et le courage de lutter. Entre la volupté et la douleur. Rêve-t-elle qu'on la fouille ? Quelle chaleur se superpose à la sienne ? Pourra-t-elle longtemps respirer si difficilement ? C'est comme des copeaux d'elle qui se détachent. Le sommeil la quitte. Le plaisir fait place à l'angoisse. La conscience d'un danger véritable devient un cri strident. Une main moite lui écrase le nez et la bouche. La réalité devient un grand fond sous-marin. Des algues gluantes l'étouffent : les mèches de ses cheveux dont on a rempli sa bouche pour l'empêcher de hurler. Elle se débat. La lumière n'arrive pas jusqu'à elle. Si elle ne remonte pas à la surface, elle va mourir asphyxiée.

Elle tente par une ruade d'expédier son corps vers le haut.

Une voix murmure tout près d'elle :

— Je suis bien plus lourd que vous. Qu'au moins, ça me serve à ça.

Elle ouvre les yeux dans le noir. Elle tend le bras vers le mur.

— Inutile. J'ai coupé l'électricité, dit la voix. Je ne veux pas que vous me voyiez.

Un joug pesant et mou roule sur son corps. S'assujettit. Fait sa place comme un pneu. Ecarte ses jambes.

— Pas ça. Je ne veux pas, dit-elle.

Une ligne droite et glaciale se pose instantanément sur sa gorge.

— C'est votre couteau à découper, renseigne la voix. Je l'ai pris dans la cuisine.

— Vous allez me tuer ? demande-t-elle.

— Non. Je vais vous aimer, dit la voix.

Affectueusement presque, une main moite traverse son visage et disparaît dans les ténèbres.

Des doigts la fouillent à nouveau. Thérèse se rend compte que l'intérieur d'elle-même, son tapis le plus intime, est humide. Elle s'en veut. Ça, c'était elle avant qu'elle ne se réveille. La chaleur. Elle, dans son rêve. La frange. La zone imprécise et brumeuse où elle a divagué avant de reprendre conscience. Elle se raidit. Elle sera sèche. Elle essaye encore de se dégager. Elle donne un coup de genou et se cabre.

— Ne faites pas ça, dit la voix. Je n'aimerais pas devoir vous faire mal.

A l'entrée d'elle, les doigts s'entêtent. Reprennent leur investigation compliquée. Il y a de la curiosité dans leur cas. De temps en temps, l'homme s'arrête de la frotter, de la polir, de l'énerver.

— Je ne suis venu que pour t'aimer, Thérèse, répète-t-il à chaque fois qu'il s'interrompt. Accepte-moi. Accepte-moi dans ta grotte-à-plaisir.

Et il la creuse de force.

L'homme a dégrafé son pantalon. La boucle de sa ceinture laboure le ventre de Thérèse. Elle étouffe un cri de douleur. Elle jette précipitamment ses deux mains au secours de son sexe. Tout au bout de cette course, elle sent brusquement entre ses doigts affolés la présence « différente » d'une autre qualité de peau. Le pénis de l'homme lui échappe, poisseux de sueur. Il bat contre sa cuisse.

J'aurais dû le tordre. Le mutiler, pense-t-elle.

— Attends, je vais devenir énorme, souffle la voix de l'homme.

Il la soulève, lui met les mains derrière le dos et referme leurs deux poids sur ses bras désormais inutiles. Elle perçoit tous ses gestes. Elle sent le capuchon de chair que sa main rétracte et tire vers l'arrière. Elle tourne son visage de tous côtés. Elle pousse un long cri. Brusquement, la tête de l'homme comme un marteau lui éclate la bouche. Il essaie de parvenir à l'érection en bridant son membre avec ses doigts. Plusieurs fois, follement, il se masturbe contre elle. Un gros poisson aveugle butine tout son bas-ventre. Sans ménagements, il cherche à écarter les lèvres de son vagin.

— Il faut que tu m'aides, Thérèse, dit l'homme à bout de souffle. Je ne l'ai jamais fait, il faut que tu m'aides.

Soudain, Thérèse cesse de lutter.

— Ne me faites pas mal, supplie-t-elle.

— Je veux juste t'aimer, dit Frank. Je veux me planter dans toi.

— Faites vos saloperies, dit-elle. Et partez vite. Un insupportable dégoût la submerge. Elle vomit sur son propre visage.

Frank s'abat sur sa victime. Il vient de conduire son corps jusqu'à l'extrême limite de ses forces. Tout en ressac, il bat contre Thérèse. De l'aplomb de son oreille à l'arrière de sa jambe, vibre un tempo de boogie-woogie. Voilà une heure qu'il besogne, qu'il lime, qu'il s'élance. Qu'il envoie sa verge, son arme, la pointe de sa rage, au fond de ce tunnel inconnu. Voilà, voilà de mille façons qu'il l'explore, qu'il le mine, l'embroche, le darde, que son ardillon empale, enfile, que sa queue se fait perçoir, emporte-pièce, trépan de son envie, de son désespoir. Qu'il pointe, perce, pile, pale, éventre et que rien, d'aucune façon, aucun plaisir, aucune réussite, aucune victoire, orgasme pas, ne monte en lui. Epouvanté, il débande.

— J'aurais tant voulu te soulever avec mon foutre, sanglote-t-il.

Il est au bord du précipice. Ses tempes battent le fer. La colère, l'humiliation, le rendent dangereux. Il ouvre les yeux. Il sent contre sa joue le souffle attentif de Thérèse. A tâtons, il cherche le couteau.

Chanson rouge dans sa tête, la bouche de Thérèse est un oiseau qui se tait.

Frank roule sur elle. Elle est immobile. Il roule sur elle. Il la lamine. Son front est en sueur. Son menton à étages, une triple rigole. Il roule sur elle. Son sexe est inerte. Il pend, comme un haillon. Où donc est sa force ? Où est sa braise invincible ? Où est l'énorme phallus ? Le marteau ? Le gourdin de sang noir ? Où donc s'est enfuie cette puissance qui galopait si bien devant la glace de sa chambre ? Combien de fois, chez Tante Zo, n'a-t-il pas répété cette cérémonie païenne ? Ce coït dévastateur ? Et sa semence, mouillure océanique, combien de fois n'a-t-elle pas jailli entre ses mains ?

En ce temps-là était le Sucre.

La bouche de Thérèse est un oiseau qui se tait.

Elle a enregistré le désarroi de son agresseur. Soudain, la main potelée de celui-ci se referme sur la sienne. Elle l'attire vers les profondeurs d'une caverne étroite et chaude. Elle la pose, la modèle à sa guise. Elle la referme étroitement sur le morceau de chair recroquevillée. Elle impose un va-et-vient à ses doigts. La peau roule sur une douceur fade d'où le sang s'est retiré. Le couteau épouse à nouveau la gorge de Thérèse.

— Essaye. Essaye ton pouvoir, dit la voix. Si tu échoues, je te prendrai quand même.

Un étrange balancement les réunit.

Brusquement, le couteau quitte son poste glacial. L'homme écarte la main de Thérèse.

— Tu n'y arriveras pas de cette façon-là non plus, dit-il. Mais cette fois, j'ai trouvé... Je sais comment t'aimer...

Sa voix est presque triomphale. Il se tourne. Il fouille dans ses poches.

Frank est penché sur la ruelle du lit. Il a trouvé sa veste. Il fouille dans sa poche droite. L'habitude, c'est toujours là qu'il met son sucre. Une sensation poisseuse au bout des doigts, il ramène ce qu'il cherchait. C'est une sucette géante, emmanchée d'un long morceau de bois. Dans l'obscurité, Thérèse ne comprend pas ce qu'il fait. Comme elle est sèche, il la mouille après avoir craché dans sa main. Elle a très mal quand il l'écarte sans douceur.

— Vois comme je suis dur, s'exaspère-t-il. Vois comme je te ramone.

Elle se met à hurler. Elle plante ses ongles dans ses épaules. Il semble ne pas s'en apercevoir.

— Tu as intérêt à trouver du plaisir et de l'eau au fond de toi, mon amour, dit Frank en accélérant son va-et-vient. Tu as intérêt à être juteuse, mon cœur, à me donner tout ton suc... Il faut que tu fasses fondre ma queue. Qu'elle disparaisse entièrement, que tu dissolves toute cette force... que tu délaies ma peur.

Il remue le morceau de sucre de plus en plus vite. Deux heures du matin sonnent à l'horloge de la mairie.

— Rassure-moi. Fais-moi fondre, répète-t-il.

L'enfer n'a pas de fin, pense Thérèse, et elle s'évanouit.

— Si tu savais comme je t'aime, dit Frank, et il se met à pleurer.

* * *

Je m'appelle Frank Altmeyer. Putain d'alsaco, mon père. Ma mère une grisette du Faubourg. Pourquoi diable est-ce que je viens de repenser à eux ? Je bouge mon corps engourdi. Voilà des heures que je fais des bulles. Je suis de retour dans l'appartement de la rue Garancière. Je suis assis au fond d'un fauteuil Voltaire. J'ai installé le galurin en paille de riz de Tante Zo sur ma tête. L'avec deux cerises sur le devant et un ruban rigolo tout autour. Celui qu'elle mettait à partir de mai et qui faisait glousser le quartier. Je ne l'ai pas fait par irrévérence. Provocation aucune. Juste pour prolonger un peu encore la présence protectrice de ma chère disparue. De ma seule famille. Maintenant quel vide ! Quelle solitude, la vie monologue !

Mes yeux quittent les roses d'un chemin de table

qui orne le guéridon Charles X. Celui qu'avait ourlé de ses soins Tante Zo pour la Fête-Dieu. Au fil de Hollande. La chambre à coucher est plongée dans la pénombre. A peine de temps à autre si le parquet à bâtons rompus fait craquer les jointures de ses lames. Une mouche décolle lourdement du sol et monte se percher sur l'embrase des rideaux.

Dehors, s'ingénie le soleil. Au travers des persiennes, il griffe le couvre-lit. Il cherche à atteindre les souliers à boucle de la morte. La chère personne a l'air de se reposer. Elle est dans sa robe de percaline, où je l'ai laissée depuis mardi dix heures, heure de l'étouffement. Morte au saut du lit. La peau nettoyée par les sels de bains. L'âme fraîche encore de la veille, confesse le lundi, un état de grâce parfaitement légitime. Ai-je assez dit que ma tante était un ange et que, si sûrement elle volette, ce n'est que justice rendue à son immense piété ?

Elle a une expression de calme modelée à la cire sur le visage. A peine si une nervure de contrariété froisse le lisse de son front. Au moment de son trépas, Tante Zo, généralement si bonne, si prête à tout endurer, a su trouver une mauvaise lueur de fâcherie à mon égard. Je l'ai perçue dès que j'ai retiré l'oreiller de dessus sa respiration empêchée. Le genre de lueur tenace que vous effacez à grand-peine de votre souvenir. Et qui vous glace bien après que vous ayez fermé les paupières des défunts.

C'est le sixième jour du repos éternel de ma tante.

Ce matin, à l'aube naissante, quand je suis rentré de Meudon, je suis tout de suite venu la visiter. J'ai remonté l'horloge comtoise, retrouvé les gestes de la routine, et j'ai pris mon premier sucre d'orge en sa présence. Auprès d'elle, je me sentais si quiet, si loin du tumulte et tellement absent de la réalité, qui ne manquerait pas d'être hostile à mon égard, que, finalement, je n'ai pas bougé du fauteuil. Pas de toute la sainte journée. Il y a des engourdissements salutaires, je trouve.

Là-haut, sur la tige cuivrée du rideau, la mouche s'exaspère. Elle s'ébouriffe. Elle fait cymbales avec ses ailes.

Je chasse Thérèse de ma tête. Depuis que je suis rentré, par rafales, elle apparaît sur mon écran mental. Elle hurle de douleur. Elle pleure. Elle dit que je suis une brute. Reproche que je refuse. Je regarde mes mains. Thérèse disparaît. Elle revient. Elle ne dit rien pendant un long moment. Elle me fixe. La sucette n'est plus qu'un filament de sucre qui finit par casser. Thérèse dit avec un calme effrayant qu'elle me fera castrer par ses frères. Je regarde mes mains. Je respire mes doigts. Le bout de mes doigts. Mes ongles, j'inspecte.

Thérèse s'efface. Je disjoncte.

Mes yeux accommodent sur Tante Zo. Il règne dans la pièce une odeur rance qui provient du lit. Un remugle lourd et lent, sorte d'ondoiement invisible, infusion contuse, évaporation secrète. La décomposition, dernier mouvement du corps. Infime déplacement vers le néant. Combien de temps pourrai-je continuer à vivre avec Zo ? Faudra-t-il que nous nous quittions si vite que je n'aurai même pas eu le temps de m'acclimater à ma récente indépendance ?

Vivre seul. S'assumer. Faire des courses. Saluer les gens. Marcher régulièrement dans la rue. Aborder les commerçants. Quel courage faudra-t-il pas que j'acquière ! Et les questions, j'y pense.

— Comment va votre tante ? On ne la voit guère, ces temps-ci...

— Elle a attrapé un mauvais rhume de travers.

— En plein été ?

— Elle est fragile.

— J'irai lui porter des fleurs cet après-midi.

— Elle...

Que faire ? Quel embarras ! Comment ne pas s'embrouiller ? Quel ennui, les autres. Pourquoi faut-il que tout s'inscrive dans un ordre ? Je décide que dès que j'en aurai l'énergie, j'enterrerai Zo à la cave. En attendant, je distribue les parfums. Pêle-mêle, je brûle l'encens, le patchouli. Je vaporise l'eau de rose. Je pigmente toutes les tentures d'odorantes senteurs, mariant les vinaigres de toilette, les huiles essentielles et Vétiver de chez Guerlain.

Je passe dans ma propre chambre. J'ouvre le tiroir de mon secrétaire. J'en tire un article que j'avais découpé avant d'en finir avec l'amour d'ogresse que me vouait ma tante. Je le relis. Je le colle sur une feuille blanche. Comme ceci :

Un an avec le cadavre de sa mère

UN cultivateur de Saint-Baudille-de-la-Tour (Isère) vivait depuis près d'un an auprès du cadavre de sa mère dont il ne voulait pas admettre la mort. René Radix, cinquante-six ans, célibataire, qui occupait avec sa mère, Claudine Radix, quatre-vingt-dix ans, une petite ferme du hameau de Brotel a expliqué aux gendarmes et au maire de la localité que sa mère *« s'était assoupie un soir mais qu'il pensait qu'elle allait se réveiller »*. Tous les trois mois, René Radix, se rendait à la mairie demander un certificat de vie pour toucher à la perception la pension de sa mère.

Mais le maire a été intrigué par le fait que René Radix a refusé, le 20 décembre dernier, à deux personnes venues apporter un colis de voir la vieille dame. Il a alors alerté les gendarmes qui ont découvert les faits mercredi. M. Radix, profondément choqué, a été hospitalisé à Vion (Isère). Une autopsie a été pratiquée afin de déterminer la date exacte du décès de Mme Radix.

Après, je prends un bain dans la salle d'eau voisine. Je réfléchis. Dans le fond, ce que Mme Radix mère a fait — durer un an —, Tante Zo peut le faire. Je décide de la garder auprès de moi aussi longtemps que possible. Demain, je me procurerai des joints, du rembourrage. J'équiperai les portes, les chambranles, les huisseries. Je rendrai hermétique tout l'appartement. Je bannirai les mouches, les insectes, les microbes. J'achèterai de l'étoupe, des bandelettes. Je capitonnerai tantine. Je me renseignerai sur les techniques de l'embaumement.

Ces résolutions prises, je me sèche en pensant à

Thérèse. A l'amour que désormais je lui voue. Je soigne toutes les meurtrissures qu'elles m'a infligées. Mon dos, une dizaine de zébrures boursouflées. Mon front, un hématome pour la semaine.

Je me jette sur mon lit et je m'endors en chien de fusil. Aussitôt, je retourne dans le ventre de ma mère inconnue, et Dieu ! quand vous nagez dans elle, quelle innocence !

Après un long mois de dérive et de lutte, au mépris de ma sécurité, j'ai refait le voyage de Meudon. Comme un conscrit dans une ville de garnison, je baguenaude devant les fenêtres de Thérèse.

Jamais son souvenir n'a cessé de me tarauder.

Désormais, cinq fois par semaine, je pratique Montparnasse. Je me conduis comme un banlieusard chevronné. J'ai fini par prendre une carte hebdomadaire, par reconnaître et par me lier avec quelques voyageurs réguliers. Nous sommes bien six ou sept à occuper toujours le même compartiment, dans le train de 17 h 03. Ce petit peuple d'habitués m'a accepté depuis peu. Nous avons nos connivences. Nos us et coutumes. Sitôt installé sur ma banquette, côté vitre, je souris à l'un, j'offre des bonbons à l'autre. Après quoi, je lis le journal et toujours le laisse à la même petite dame. Elle est une cruciverbiste acharnée et poursuit jusqu'à Versailles. Une fois, je lui ai même acheté un taille-crayon pour aiguiser ses mines de plomb

Le début de ma journée est entièrement dévolu à la rue Garancière. Je tiens notre intérieur. Je lutte contre les odeurs, contre les germes, contre le qu'en-dira-t-on. Je suis presque sûr qu'on jase. Une fois, j'ai refoulé le vicaire de Saint-Sulpice qui s'inquiétait des cierges, l'autre matin, j'ai houspillé la bignole qui voulait passer le bec.

Tante Zo décline. Elle se transforme. S'altère. Prend de la gîte. Tantôt j'écope. Kleenex, spontex. Tantôt, je la consolide par une attelle. Ou alors, je lui loue une mentonnière. Elle réclame tous mes soins. Le taxidermiste à qui j'ai eu affaire récemment m'a mal aiguillé. L'abus du formol abîme ma tante. Il est vrai que l'artisan, en me prodiguant ses conseils, croyait s'adresser à quelque modeste empailleur de loutres ou de putois.

Mais je n'ai pas encore dévoilé le plus dur. C'est-à-dire la vérité.

La vérité est que j'ai beau multiplier mes visites, faire le pied de grue, monter la garde à n'en plus finir devant chez Thérèse, battre la semelle dans le square de la mairie, manger des conserves, transpirer sur place, supporter les guêpes (fort agressives cet été-là), rien n'y fait. La place est déserte. Mon bel amour s'est envolé. Thérèse n'est plus là. Les volets sont clos. La porte fermée à double tour. Je suis à la rue. Seul. Seul une fois de plus. Exclu, nié, oublié. Rebuté.

Et je crève d'amour.

L'été continue sa fournaise. Il nous fourrage les nerfs. Transforme nos nuits en trempolino d'exaspération. Sur le calendrier, nous avons rattrapé septembre, mais le soleil s'entête à sinistrer la campagne. Tout crame sur place, grille, carbure, calcine et s'évapore. La terre est une blessure. Elle se craquelle, se desquame et perd sa croûte. Les talus le long de la voie ferrée sont plus jaunasses que des poils de vieillards. La politique, toujours soiffarde, envisage de lever l'impôt sécheresse. Dans les troquets, la limonade fait fortune. L'argent change de mains. C'est la rentrée. On se noie dans un verre d'eau.

J'ai perdu vingt kilos. La chaleur, nul doute. Mais aussi la détresse. Je me sens plus seul qu'un ténia. Plus amoindri qu'un chou monté en graines.

Et de Thérèse, toujours pas.

J'en suis venu à parler seul. A me tenir des raisonnements. Jusqu'à la peur des policiers qui m'a quitté toute. Je suis prêt à toutes les folies pour un peu d'elle. Je tends la main. Je l'appelle. Je la veux.

Thérèse, j'ai tant besoin d'elle.

Au compte-gouttes du grand soliloque, une idée a fini par perler dans ma pauvre caboche. Une nuit donc, n'y tenant plus, je fais ce que j'ai combiné depuis longtemps. Je m'introduis par effraction dans la villa de meulières. Je le fais par un fenestron qui donne sur le jardin.

A peine à l'intérieur, je découvre le couloir frais. Une légère odeur de renfermé provient de la cuisine. J'y fais une incursion. Une pomme achève de se flétrir. La table du petit déjeuner est encore mise. La cafetière est préparée.

Je monte l'escalier. Sur le palier, je m'oriente. J'allume la lumière. Voilà la chambre. Le lit où j'ai aimé Thérèse. Sur la table de chevet, au fond d'un cadre, elle rit avec un enfant dans les bras. Sur une autre photo, elle est mariée. Elle donne le bras à un aviateur. Tous deux regardent l'objectif. A leur gauche, il y a une plante verte, posée sur une colonne. Le photographe a signé l'épreuve à la gouache. C'est donc ça, le bonheur? Le p'tit bonheur? Des gens coloriés qui s'arrêtent de bouger?

Tiens, un paquet de cigarettes sous le lit. Des blondes. J'en prends une. Je l'allume. Pour toi, Thérèse. Moi, je n'ai jamais fumé. Je n'y tiens pas. Je te pose ta cigarette sur le cendrier, d'accord? Je la pose là.

Je passe à la salle de bain. Je me déshabille. Je fais couler l'eau. J'emprunte ta brosse à dents, Thérèse. Toi, c'est moi. Je passe sous la douche. Ah! quel bonheur, quelle simplicité de t'attendre chez nous! Chez nous où tout est si calme. Comment n'y ai-je pas pensé plus tôt? Je me sèche. Tu as vu? J'ai maigri. Fini le sucre, je te promets. Je sèche mes cheveux et j'arrive.

Voilà. J'éteins la lumière. Je n'ai jamais aimé qu'il fasse trop clair sur nos corps. J'entre dans notre lit.

Tu as si bien tendu les draps. Quelle fraîcheur. Ce soir, je te promets des trafalgars, des balançoires, des revenez-y. Vois, comme notre course est rapide. Comme tu es heureuse. Comme je suis infatigable. Ah ! mon amour, mon amour, je tombe en cendres. Tu m'as tout usé. Maintenant, c'est trop. Ne me touche plus. Laisse-moi dormir.

C'est bien toi que je voulais le plus.

* * *

Le 3 septembre au matin, Frank se réveilla avec une odeur de café. La montagne de son corps était entortillée dans le drap de dessus. Il s'en débarrassa et consulta sa montre. Il était huit heures. Il se sentait reposé et, jusqu'à ce qu'il entende un bruit sourd, quelque part dans la maison, il fut persuadé d'avoir rêvé cet arôme de café. Mais il y eut ce glissement auquel il ne s'attendait vraiment pas. Et aussitôt après, il y eut un bruit de pas qui se hâtaient sur le palier, en direction de la chambre.

A la manière dont ils tapaient, il sut que c'étaient des talons de femme. Il eut à peine le temps d'ordonner ses cheveux et de penser que c'était Thérèse, Thérèse qui allait entrer, et elle ouvrit la porte. Elle se tenait sur le seuil. Elle avait une chemisette bleu clair et une jupe de jean. Il fixa ses jambes et trouva qu'elle avait bronzé. Elle porta la main à sa bouche et le temps qu'il trouve une première phrase qui puisse vraiment compter entre eux, elle était ressortie en claquant la porte.

Il l'entendit dévaler l'escalier et il se dressa debout sur le lit, parce que la peur venait de l'envahir. Il n'aurait jamais cru qu'on puisse avoir des muscles capables de vous faire dresser les cheveux. Il eut la sensation archaïque que ses oreilles s'orientaient dans le sens du vacarme qui se rapprochait et tout ce qu'il trouva à faire fut de se réfugier dans un coin de la pièce.

La porte s'ouvrit et c'était à nouveau Thérèse. Elle le montrait du doigt. Ensuite, elle se tourna vers ceux qui étaient là.

— Mes frères, dit-elle précipitamment.

Trois hommes s'avancèrent. Deux d'entre eux brandissaient des barres de fer. Le dernier tenait une tasse de café. Quand il la posa, Thérèse éclata de rire. Elle riait avec ses nerfs.

C'était il y a six mois à peine.

C'était l'été exaspérant où il a fait si chaud.

Avec les compliments
d'Apple Pie Society

à Jean Teulé

Qu'est-ce que je vais prendre dans la gueule ? Un coup de poing ? Une gifle ? Un verre d'eau ? Un éclat de rire ? Vous ne savez jamais d'avance.

Je replie mes lunettes. Je les glisse dans la poche supérieure de mon veston lavable. Je m'enfile deux tampons d'ouate hydrophile dans la bouche. Je cale mes dents à toute épreuve. J'enfonce mon borsalino à bords courts.

Et je pense à Josette.

O.K. Je me suis mis à boire comme une éponge. 36, si vous voulez. Mais c'est Josette qui a fait ça. Et je me demande s'il y aurait eu la moindre différence dans son attitude de salope si je m'étais tout de suite comporté en être équilibré. Je veux dire si j'avais osé lui avouer que je venais de perdre ma place de moyen-cadre. Pas sûr. Et merde dans tous les cas : elle m'a déserté du conjugal. Hioups. C'est ça qui compte, merde. Excusez le hoquet. Je suis un peu ivre. Et je resserre ma cravate à palmiers.

Le malheur avec Josette, c'est qu'elle aime l'argent. Le malheur avec moi, c'est que j'aime son cul Physique, vous comprenez.

Et j'ai acheté un revolver.

Sur le point de sonner à cette foutue porte, je me sens d'une grande solitude. D'un énorme ridicule. Je me retourne malgré moi. Personne dans l'escalier. Pourtant, je sais d'expérience qu'on est toujours la risée de quelqu'un.

Je me reprends. Comme disait mon père : « Ne désespère pas, David. Dieu envoie des épreuves aux hommes pour qu'ils réfléchissent. » Question Josette, je ne fais plus que ça.

Et je bois. Et je trimbale mon revolver partout avec moi.

Bon. Je rallume la foutue minuterie qui vient de s'éteindre et j'inspire profondément. Je me penche. Je ramasse à mes pieds la tarte à la crème. Il s'agit de notre modèle luxe. Une génoise à trois étages avec une chantilly super-aérée. Le tout est présenté sur une assiette en carton avec un napperon à chichis et broderie à troutrous. Et une carte de visite personnalisée.

Assez pissé. Je prends la tarte bien en main. Je sonne chez le maire de la ville.

Ça commence mal. Par des pas qui traînent. Par une voix furieuse qui gueule :

— Va ouvrir, merde !

Mais une voix ferme et féminine tac au tac :

— Vas-y toi.

Et elle ajoute calmement qu'elle est sous son casque, pleine de bigoudis.

Les savates se rapprochent. La voix d'homme demande :

— Qui est là ?

— C'est le plombier.

Un mot bien meilleur à mon avis qu'un trousseau de clés. Parce que quatre-vingts pour cent des gens attendent ce foutu corps de métier depuis six mois à deux ans. Quand aux vingt pour cent restants, ils résistent assez mal à la tentation de voir à quoi bon dieu ressemble un type dans la plomberie. Tellement c'est disparu. Et ils ouvrent fiévreusement leur satanée porte.

Pendant que mon client tourne les verrous, qu'il me soit permis de vous demander si vous connaissez la différence entre le Messie et un plombier justement. Non ? Eh bien, c'est que le Messie viendra peut-être. Et comprenez que si j'ai raconté cette histoire, c'est surtout pour me prouver qu'au plus fort de la tourmente, je garde mon damné sens de l'humour.

Une fois que la porte est ouverte, ça va très vite.

Je me trouve en face d'un grand type dans les early sixties. Il est en maillot de corps. Il prend l'air étonné. Le costume lavable qui fait ça.

— Vous êtes bien monsieur Bonfanti Albert ?

Il acquiesce. Il a du savon à barbe plein la tronche. Une nouvelle preuve qu'il y a des drôleries dans les plis du quotidien. Moi, avec calme et bonne humeur, je lui balance la tarte à la crème à la gueule. Et j'appuie en tournant, voyez, pour qu'il n'y ait rien de perdu. Toute une technique. Nous sommes formés par des stages. En même temps, je braille ce qui est écrit sur la carte :

— De la part de l'*Opposition,* Monsieur le Maire. Avec les compliments d'*Apple Pie Society !*

Il faut brailler parce qu'en général, la victime ne vous entend pas. Si le travail est bien fait, elle a de la crème dans les oreilles.

— *Avec les compliments d'Apple Pie Society !*

Le bonhomme suffoque un moment. Une goulée d'air lui rend service. Il dit qu'il a entendu et que les socialistes sont des. Il le dit. Il passe sa langue sur ses lèvres.

L'instant d'après, il me balance son poing dans la gueule. J'encaisse et je pisse le sang. Il regrette aussitôt. Il fait signe qu'il s'excuse. Je lui dis que ça n'a aucune importance. Que je suis payé pour ça. Qu'Apple Pie Society a assuré ma mâchoire, mon rachis et mes tibias. Je crache poliment un morceau d'incisive dans mon mouchoir et je le salue.

Le maire me regarde partir.

Machinalement, il commence à se raser à la crème chantilly.

Apple Pie Society emploie une douzaine de chômeurs de mon espèce. Nos clients, je veux dire ceux qui passent commande d'un contrat, sont souvent des plaisantins. De même, il arrive fréquemment que celui qui a reçu la tarte à la crème au visage loue nos services dans l'autre sens, nous vouant ainsi à être les boomerangs pâtissiers de l'œil pour dent. J'en ai connu aussi qui prenaient des abonnements, mais c'est plus rare. Ajoutez à cela tous les mauvais coucheurs et vous comprendrez que mes collègues et moi-même, nous nous battions pour obtenir des primes de risque.

Prenez ma matinée. Après le maire, j'ai crémé trois autres clients. Un boucher, un militaire et une maman célibataire. Des contrats qui m'ont valu un coup de bière, un coup de pied au cul et un fou rire. Ce dernier a été le bienvenu. D'autant qu'il était frais et sortait à gorge déployée du fond d'une jeune femme en robe de chambre. Avec des trottinets du 36 à peine. Un pied mignon dans des mules, la cheville danseuse, le nez trompette et deux nibards sans soutien qui éclairaient le triste monde plus vivement que des Marshall antibrouillard.

Tout ragaillardi, j'ai repris ma vieille 404 et j'ai téléphoné à Josette. Je lui ai dit que j'avais retrouvé un boulot. Sans spécifier lequel. Il va de soi. Elle m'a répondu qu'elle s'en battait la cuisse. Que j'étais un connard. Que selon toute probabilité je le resterais.

Je lui ai dit qu'elle ne pourrait jamais m'empêcher de l'aimer. Je lui ai promis de l'attendre au Café de la Gare. Ce soir, après le turbin. Comme au bon vieux temps. Et que je serais gai. Elle ne m'a pas caché que ça l'étonnerait qu'elle vienne. J'ai suggéré que je pourrais amener un petit cadeau. Hein ? Un p'tit cadeau. Et j'ai pensé au revolver.

Elle a semblé hésiter. Finalement, elle a répété que j'étais un connard. Elle s'est marré. Et elle m'a raccroché au nez. Bip bip bip.

N'empêche, vingt heures pétantes, je fais mon apparition au troquet. Je me dirige vers le fond en vieil habitué. Une fois sur la moleskine, je demande un double whisky plein tarif. Le larbin s'esbigne. J'essuie mes lunettes. Je tâte mes dents. La bouche pleine de fiel, je laisse mes yeux se promener dans la salle. Pendant qu'ils font un petit tour en passant à chaque fois par la porte, je caresse Beretta qui fait le gros dos dans ma poche.

Viendra, viendra pas ?

Au-dessus du comptoir, la télé environnée d'apéritifs claironne les nouvelles du soir. Un ministre passe la tête entre deux bouteilles de Pernod et parle de l'alcootest. Depuis son tabouret, un poivrot lui dédie un ferme bras d'honneur et finit sa petite côte. Le ministre prend l'air vexé et retourne à Matignon dans une grosse voiture. Sous les flashes des photographes, un émir de passage à Paris annonce qu'il vient de racheter le palace où il est descendu. Afin de pouvoir renvoyer le personnel qui l'indisposait. De nos jours, l'émir et le qatar font le pétrole et le beau temps.

J'assèche mon whisky. Je consulte ma montre. Je regarde du côté de la porte. Je redemande un whisky.

Viendra ?

Viendra pas.

Vingt et une heures. Je rote. Johnny Walker sort de ma bouche. Avec sa canne et son chapeau. Je suis rond, je pense. Carré. Bille. Clown. Con. Et agressif.

J'aime les bistrots. Ils sont devenus mes pénates. Ma religion. Ma drogue. Le matin j'y pose mon cul. Le soir, j'y reprends mon cul. Entre-temps, je livre des tartes. Une tarte, un poing dans la gueule et deux scotch-whisky. C'est devenu mon rythme habituel.

Et je rentre chez moi de plus en plus tard. Vous n'aimeriez pas rentrer chez moi. Il n'y a plus personne. Depuis que Josette est partie, il n'y a plus personne. Elle a tout repris. Jusqu'aux draps.

Tandis que les cafés, bon, les gens sont là. Nous sommes là. Tout le monde est là. Une chaleur. Un espace que nous partageons. Des morceaux de vie. Des bouts de chemin. Des bribes de conversation que vous pouvez saisir...

Tenez, le couple à ma droite. Elle, une petite brune. Laide. Avec des yeux admiratifs. Lui, plutôt bégu. Cravate bon genre. Le bide cousu dans du prêt-à-porter. Trois pièces-gilet. La respectabilité. Vous pouvez dire tout de suite que le type se conduit comme un vrai salaud. Un salingue.

D'abord parce que la petite brune est laide. C'est dur pour les filles vraiment laides. Elles me font une telle peine quelquefois. Je ne peux même pas les regarder. Parce qu'elles n'ont aucune chance. Aucune chance ou rien. Surtout si un sacré salaud s'est mis en tête de leur raconter ses exploits au baby-foot. Ou en voiture. Ou n'importe quoi. Parce qu'elles s'accrochent. Et le sacré salaud n'a qu'à lever le petit doigt pour les cueillir. Comme des bonnes choses. Comme des fruits et légumes. Et crac, forcément, elles fondent. Elles s'allongent. Elles baisent. Et elles me font vraiment toujours une telle peine.

Je prête l'oreille. Le type dit :

— C'est comme ta sœur. Elle est étroite, hein ?... étroite de là... du front, si tu vois ce que je veux dire. Te vexe pas. Je te coupe l'appétit ? Non ? Ah ! tant mieux, mon amour !

Il la regarde. Le genre conquistador.

— Un mimi ?... Embrasse-moi... Enfin quoi ! Reconnais que j'ai raison : elle n'a pas inventé le céleri-rave, ta sœur... ni le croque-monsieur. Au fait, comment trouves-tu ton jambon ? Je t'aime Solange... je t'aime, mon chéri... Pour en revenir à ta sœur, elle a de ces expressions ! De ces expressions ! On se demande où elle va prendre ces grimaces-là ! C'est comme dans Lucky-Luke... Tu connais Lucky-Luke ? Le cow-boy. Oui ? Bon. Il a un chien. Je ne sais plus son nom.

— Rantanplan.

— Rantanplan, t'as raison !... Eh bien il est idiot. Et ta sœur, c'était quel jour ? Peu importe. Un mercredi, je crois. Quand elle a levé les yeux sur moi — c'était le chien. *Craché.* Craché, je te jure... Note bien, ça ne lui enlève rien à ta sœur. Mais ça ne lui ajoute rien. Surtout, ne le prends pas mal, ma chérie...

Franchement, c'est moi qui le prends mal. Une allergie par délégation. Ce type se met à *me gratter.* J'assèche mon whisky et je me mets à le détester. Vous avez déjà détesté quelqu'un ? Vous avez déjà été soûl ? Vous avez déjà été cocu ? Vous avez déjà eu un revolver dans votre poche ?

Et Josette qui ne viendra plus.

Et l'autre :

— Embrasse-moi Solange. Tu boudes ? Tu te vexes pour un rien. Je peux bien parler de ta sœur tout de même. Tiens... moi, j'ai une bonne femme. Quinze ans de mariage. Elle est con. Bon. J'en fais pas un plat. Je le dis. Point. Oh ! je n'en suis pas fier, mais je le dis... Il y a des tas de gens qui trimbalent. Ils n'y peuvent rien. C'est une fatalité. Prends ce matin, Solange. J'ai engueulé un de mes gus. Ça faisait un moment que je l'attendais celui-là... J'arrive au bureau. Je plonge dans mes dossiers. Tu sais, je remets de l'*ordre* dans le service. C'est que mes gus, je ne les paye pas avec un lance-pierres. Alors, je peux demander beaucoup, j'estime. Je peux me permettre d'être un peu plus exigeant que certains, il me semble... Bref, je l'ai regardé. Je lui ai dit : « Trochu... » C'est son nom Trochu, ça te fait sourire ? Embrasse-moi. « Trochu est-ce que vous vous foutez de ma gueule ? — Non, il a fait. — Si », je réponds. Et je l'ai sacqué. Je l'ai sacqué. Qu'est-ce que tu veux ! Et ça fera un chômeur de plus. Et tant pis, merde... C'est bon, chérie ? Tu te régales ? Tu es bien avec moi ? On fera notre petit trou normand tout à l'heure ? Dans la petite chambre à colombages ?...

Je me gratte. Je me gratte. J'assèche mon whisky. Je regarde la porte. J'interroge ma montre. Vingt et une heures trente. Je fixe le type. Vous avez déjà détesté quelqu'un ? Vous avez déjà été double soûl ? Vous avez déjà été triple cocu ? Vous avez déjà eu envie de vous servir du revolver dans votre poche ?

Et Josette qui ne viendra plus.

— Pourquoi tu ris, Solange ? Pourquoi tu me regardes comme ça ?

— Je trouve que tu es un comédien. Des fois, je me dis : il est trop fort pour moi...

— Moi ? Jouer la comédie ? C'est impossible. Sauf avec ma femme. Mais ma femme... viens que je chuchote, elle est con... Qu'est-ce qu'elle trimbale, elle aussi. Je ne méprise pas ! Dis pas ça, Solange, je ne méprise pas ! Mais ce serait pas pour les gosses...

merde mon amour, c'est vrai... Tu trouves que j'exagère ? Embrasse-moi. Tu laisses tes frites ? Tu n'as plus faim ? Tu me les donnes ? Aïe aïe aïe, mon cholestérol ! Tu ne m'aimeras plus... Pour t'en finir avec ma femme, si elle voulait, elle pourrait reprendre le boulot. S'il fallait. Non mais s'il fallait, elle s'y remettrait bien... Il y a des fois, je me dis, ça lui ferait du bien de prendre un vol plané... Même son frère, il est d'accord. C'est pour dire.

Je prends mon verre. J'assèche mon verre. Je tourne la tête.

Béatrice s'assied en face de moi. Elle a l'air noué sous un turban.

— Mes cheveux sont gras, elle dit en manière d'excuse.

Elle porte la main à sa tête.

— J'ai mis n'importe quoi, tu comprends et je suis venue en catastrophe.

Béatrice est la meilleure amie de Josette. D'un seul coup, elle se met à trembler de rire dans sa robe à faire vomir. Elle me prend les mains et me parle comme à un enfant :

— Il faut rentrer, David. Josette ne viendra plus. Elle ne viendra plus. *Plus jamais,* tu comprends ?

J'ai sûrement pas l'air de comprendre. J'ai six mois dans mon froc. Envie de chier sous moi. Je me gratte. Béa s'apitoie. Un rictus de tendresse à bon marché se dessine sous la croûte de son normal dry-skin-number-two de chez Elisabeth Arden.

— Josette prend l'avion demain matin. Elle m'a chargée de te le dire. Je suis venue en catastrophe.

Elle pose à nouveau sa main sur son turban.

— L'avion ?

C'est tout ce que j'arrive à dire. Et vous n'auriez pas trouvé votre voix plus que moi. A cause des circonstances. Et d'une cuite épaisse.

— Oui, l'avion. Avec ce garçon qui habitait au fond du couloir. Arthur. Tu sais, Arthur ?

Vieil Arthur est un Martiniquais. Etiquette noire. Un vrai judas. Merde, je deviens raciste.

Je rote. Johnny Walker sort de ma bouche. Avec sa canne et son chapeau. Béatrice les prend en plein visage. Elle me jette un regard terriblement sombre. Elle se lève. Et, brusquo, elle bat en retraite. Elle s'éloigne en se retournant deux ou trois fois. Je ne la remercie pas, ni rien. Je suis content de ne pas l'avoir fait.

Je commande un verre. Je l'assèche. Je fixe le type qui me gratte. Il rencontre avec surprise mon regard au-dessus de l'épaule de la laide. Il suspend un moment sa phrase, tellement j'ai l'air bizarre. Solange se retourne elle aussi. Tous deux se marrent. Plus pour se donner une contenance qu'autre chose. Comme j'ai déjà dit, il y a toujours quelqu'un dont vous êtes la risée.

Trois-pièces-gilet reprend Solange en mains. Il lui bécote le duvet qui commence à fournir au-dessus de sa bouche.

— Remarque, dit-il, on n'est pas là pour juger.

J' suis peut-être con — avec une âme de dix-huit ans et un corps de vieux chnoque — mais qu'est-ce que tu veux, j'ai cinquante ans. On ne se refait pas.

Il lève de nouveau les yeux sur moi. Je me gratte et je suis là. Ça le dérange mais je le saccage. Il baisse les yeux.

— Remarque, dit-il encore, ma femme c'est comme ta sœur. C'est pas une mauvaise fille. Je ne juge pas. Je suis trop simple pour ça.

Pour un moment il m'oublie. Je sors de son jeu. Le revoilà qui s'occupe de son derrière. C'est qu'il faut qu'il la baise, sa laide.

— Je ne suis pas calculateur, il lui balance. Je serais plutôt un paysan. Un vrai paysan, je t'assure. Du côté de mon père, c'est la Nièvre. Le plus fort, c'est que c'est vrai. Tu peux me mettre sur un tracteur, tu sais. Tu ris Solange ? Embrasse-moi. En une heure, je saurais m'en servir. Tracer un sillon. Hop, comme à la parade. Ou les chevaux. Les chevaux aussi, je saurais. Ou les bœufs. Ah, les bœufs ! C'est ça le vrai calme. Le retour à la nature ! Je te fais rire ? Sérieux ! Mais moi, le calme, ça me ferait peur, à la longue...

Il me regarde gêné de me trouver encore là.

— ... A la longue, il répète. Pas au début, seulement à la longue.

Il me regarde, foireux.

— ... Remarque les bœufs... il suffirait de les télécommander, de les commander à distance. Tu leur foutrais un transistor dans le crâne, et hop —

Boué ! Marboué ! Hue, dia ! — par téléphone, depuis la tour Montparnasse. Tu pourrais labourer la Beauce depuis ton duplex. Un progrès, non ? Le rendement, c'est ça qui compte...

Je remets mon borsalino sur la tête. Je règle ma cravate à palmiers. Je me lève. C'est toute une expédition. Je me cale. Je sors le Beretta de ma poche. Avec calme et bonne humeur, j'expédie trois bastos dans le front du type.

Nous avons été formés par des stages. Une tarte à la crème de framboise lui mousse sur le crâne et dégouline sur son air étonné. Solange éclate d'un rire vertical. Elle secoue ses doigts pour les nettoyer. Je m'en fous pour mon costume, il est lavable.

Je braille parce que c'est le règlement :

— Avec les compliments d'*Apple Pie Society !*

Et je le fais de toutes mes forces. Parce que le travail est si bien fait que le type a de la cervelle plein les oreilles.

Patchwork

à number one, à number two,
à toute la famille

« Les confidences des fous, je passerais ma vie à les provoquer. Ce sont gens d'une honnêteté scrupuleuse, et dont l'innocence n'a d'égale que la mienne. »

André BRETON

L'homme jeune venait de traverser Ruxton Street en courant. Quand il prit pied sur le trottoir d'en face, il avait une gueule de noyé. D'un geste furtif, il essuya son front et ses sourcils débordés par la pluie. Il fit quelques pas, visiblement sans but. Il remonta son col et s'arrêta contre un réverbère.

Les bords de ses paupières étaient rouges. Il se retourna sur deux filles qui marchaient bras dessus, bras dessous sous le même parapluie. L'une parlait avec des gestes. L'autre riait à tout ce que disait la première. Elle avait une robe verte.

L'homme jeune s'éloigna d'elles à reculons, sans les perdre de vue. Ses yeux gris fer étaient fixes à ce moment-là. Le vent prenait ses cheveux à rebours. Il les retournait sur son visage, comme une mauvaise plaisanterie. Mais ses yeux gris fer restaient fixes.

Brusquement, il pivota. Au bout de deux trois pas seulement, il se remit à courir. Il continua sa route en sens inverse. Les bourrasques chiffonnaient son imper italien entre ses jambes. Il avançait courbé, une main sur la tête. Il s'arrêta un quart de seconde devant la glace d'une parfumerie pour se dévisager.

En repartant, il heurta un type plus petit que lui. Il ne s'excusa pas. Il hâta le pas et s'engouffra dans la galerie marchande.

Au fur et à mesure que la coulée incandescente du trafic reculait en brillant sur l'asphalte mouillé de Ruxton Street, l'homme jeune semblait prendre de l'assurance dans son maintien. Le fait de se redresser accentuait sa minceur. Devant lui, c'était un espace long et aride. Eclairé de tubes fluorescents, veiné de marbre, il était totalement désert à cette heure. Le long de ce passage défilaient des boutiques et personne dedans. La marche polaroïd de l'homme scandait la vision fugace de quelques mannequins, figés dans le mouvement. Elle accordéonnait la cacophonie stridente des couleurs à la mode. Une mouvance crue, truquée par les artifices des étalagistes. Sensation fragmentaire d'un monde recomposé. Traversée précipitée d'un univers froid et sec. Mortel.

Tout au bout de ce couloir, l'homme s'orienta vers un carrefour. Là, devant les cinémas, attendant la sortie de la dernière séance, il était presqùe certain de trouver celle qu'il cherchait. Il crut l'entendre marcher sur les dallages et s'arrêta net. Il prêta l'oreille. Des pas frôlèrent son refuge, une colonne, puis s'éloignèrent. Il s'obligea à rester encore un long moment sur place. Totalement immobile. Il s'obligea.

Il surgit de derrière la pile de béton, et elle était là. Comme presque tous les soirs. Elle se tenait devant les affiches de cinéma. Elle faisait les cent pas dans sa robe verte. Vert Véronèse, exactement. Le genre de vert acide qui convenait tout à fait. Le bon vert. A la nuance près.

Il s'avança sans bruit. Calquant ses enjambées sur les siennes, il se glissa dans le sillage de la fille. Elle avait un bas filé.

Il arborait presque un sourire lorsqu'il tapota deux fois dans son dos. Il le fit comme pour entrer poliment dans une pièce. Il attendit. Elle se retourna très vite. Elle était une grande rousse vulgaire. La colère se lisait sur son visage.

— Tu peux pas aborder les gens normalement ? demanda-t-elle. T'as besoin de te faire des sensations ? D'allumer des petites lumières autour de toi ?

— T'as tout deviné, pouffiasse, dit l'homme jeune avec une voix sifflante. C' qui cloche chez moi, c'est la communication.

— Le genre de chose qui peut s'améliorer, ça, biquet, dit la fille, je donne des cours particuliers.

Elle détendit sa bouche et son rouge à lèvres se mit à briller de façon obscène.

— Ta robe, ça va pour la couleur, dit l'homme aux yeux gris fer, mais je voudrais savoir comment sont tes seins.

— Secret d'alcôve, dit la rousse.

Elle prit une expression de gamine vicieuse en jouant « comme au théâtre » elle avait vu. Elle fit tournoyer son sac à main au bout de sa courroie et s'appuya sur sa hanche. Elle le dévisageait avec un regard animal, comme on dit. Une attitude chargée de stéréotypes imbéciles, mais d'habitude, ça marchait. L'utilisation des cils, le nez qui se pinçait et sa langue qui bougeait derrière ses dents. Tout ça. Rien que des gourderies irritantes.

— Ça ne marche pas, dit l'homme jeune. Tout ce qui m'intéresserait à la rigueur serait de te pincer le bout des seins. Est-ce que tu as la poitrine lourde, au moins ?

En entendant cela, ce baratin pas croyable, la rousse prit instantanément l'air découragé.

— Mais qu'est-ce que j'ai fait au ciel, Moi-Linda, pour mériter toute cette perversion autour de moi ! soupira-t-elle.

Elle toucha machinalement la croix en or qu'elle avait au cou. Elle la porta à sa bouche. Elle dit :

— Grand-mère, aide-moi à supporter tous ces minables.

Elle regarda du côté de Ruxton Street, un trou éclairé comme un œil, au bout de la galerie. Elle se vit en reflet dans une devanture. La fatigue et le néon lui donnaient mauvaise mine.

— Crotte-merde, fit-elle encore. Aujourd'hui, décidément, est un jour de galère. Un soir d'été qui ressemble à un jour pourri de novembre.

Elle chercha une cigarette dans son sac et se mit à l'allumer n'importe comment. Pour se donner une contenance. Elle souffla la fumée devant elle. Le type la reçut dans ses yeux rougis. Il ne broncha pas.

— A croire que tous les bons gros ont ramené

sagement leur queue à la maison, dit la rousse. A croire qu'ils se polissent le chinois devant J. R. à la télé, dit-elle encore et que moi, Linda-pas-de-chance, je lève tous les détraqués d'un soir de pluie.

Ayant été au bout de sa nostalgie, elle reporta son attention sur l'homme jeune. Les yeux gris du type fixaient un point vague sur l'étoffe verte de sa robe. Elle jeta un coup d'œil à elle-même et rien d'anormal, je jure, pas de faux pli, pas de tache de graisse, alors quoi ?

— Qu'est-ce que tu cherches, Bébé ? demanda-t-elle agressivement. L'image de ta mère ? Un machin pas possible ? L'hélice de chaleur ?

Comme le type ne disait rien, toujours rien, elle se détourna furtivement. Elle constata qu'ils étaient seuls. Vraiment seuls dans la galerie marchande. Elle se souvint qu'elle avait un bas filé. Ça la déprima davantage.

— Si tu m'emmènes au chaud, je te ferai un prix, dit-elle. Et même, tiens, ajouta-t-elle, je te ferai deux trois avantages, des machins que t'aimes, si c'est pas trop compliqué. Si c'est pas trop compliqué, répéta-t-elle. Je suis pas forte en gymnastique.

Elle rit, mais elle n'avait pas le cœur à ça.

— Est-ce que t'as de l'argent, au moins ? dit-elle.

Il fouilla dans la poche de son imper. Elle s'attendait à des billets froissés. Une liasse. Quelquefois, ces mecs-là sont comme ça. Ils sortent une liasse. Beaucoup d'argent et vous le donnent, parce qu'à ce moment-là, ça n'a plus de sens pour eux.

Elle vit qu'il tenait une paire de ciseaux fermés dans son poing droit. Elle remarqua sa pâleur.

Il la frappa plusieurs fois. Entre les seins, d'abord. Et c'était à hurler. Et puis au ventre. De haut en bas. Elle avait beau se protéger, c'était... Et encore une fois, si profond, oh ! Dieu ! Si bien que lorsqu'elle glissa à terre avec l'idée d'abandonner — la souffrance on ne peut pas savoir jusqu'où ça peut aller — elle se roula en boule. Elle pouvait pas s'empêcher de continuer à regarder ce qui lui arrivait, sa mort. Elle la regardait, les yeux exorbités. Et l'expression appliquée du type jeune pouvait passer pour de l'acharnement.

Il continuait à la frapper. Et même dans le dos.

Avec son nez truffé de bubons extra-dry-et-un-zeste-de-citron, le juge Preston était la plus foldingue incarnation de la justice immanente. Cet après-midi-là, il pénétra à quinze heures pile au Stanhope, un établissement de la 5e Avenue situé juste en face du Metropolitan Museum et dont la vertu essentielle résidait dans son calme et sa discrétion. Après vingt-quatre pas d'une démarche incertaine, il s'immobilisa devant l'inspecteur de police Benjamin Frost, avec qui il avait rendez-vous.

Le juge oscilla plusieurs fois sur ses mocassins en box-calf et finit par s'asseoir en face du policier.

Son visage couperosé n'exprimait pas grand-chose. Il déploya sur la table ses mains constellées de taches sombres et attendit aussi patiemment qu'un pêcheur des bords de vase. Tout en scrutant son vis-à-vis, il réprima un léger tremblement en provenance de sa nuque. Au bout d'un moment interminable, il étira sa lèvre inférieure vers la droite. Vous pouviez prendre ce léger rictus pour n'importe quoi. Et aussi pour un sourire.

En face de lui, Benjamin Frost se détendit donc. Il toucha machinalement la valise posée le long de sa chaise et demanda cordialement :

— Comment allez-vous, monsieur ?

Mais au lieu de répondre, le vieillard se redressa sur son propre siège.

Il était ce genre de magistrat vraiment fait pour vivre et poser sous la bannière étoilée. Des cheveux blancs et une grande prestance. La sorte d'Américain fier de l'être. Et Samuel T. Preston ne se privait pas de le faire savoir à l'occasion de ses rares moments de lucidité. Tout le reste de lui n'était que ruine et abjection, délabrement et alcoolisme.

Pourtant, sa véritable érudition en matière de peinture ouvrait au juge Preston les salons des collectionneurs les plus exigeants et le faisceau de ses relations haut placées en avait fait un personnage tout à fait influent. Malgré sa déchéance extérieure, un teint cuivré et des taches de psoriasis, Samuel T. Preston avait encore le bras long.

Il n'avait jamais quitté New York. Il s'en faisait une gloire. Il disait d'ailleurs à qui comprenait son élocution inaudible que cette ville était la plus belle du monde.

Il avait pris l'habitude de poser des questions parfaitement inattendues à ses interlocuteurs. Ce jour-là, pour ne pas faillir à cette réputation, il montra la baie vitrée derrière lui, par laquelle on voyait une forêt de buildings, et sa première phrase fut pour dire :

— Pourquoi, jeune homme, aller à Paris quand on peut inscrire, dans un cadre de verre dessiné par Mies van Der Rohe, un aussi formidable empire que celui de Mr. Rockefeller ?

Comme le policier cherchait une réponse plausible, le juge haussa les épaules, lui signifiant ainsi qu'il l'en dispensait. Il commanda un double scotch et prit l'air bougon. Il remua quelque chose au fond d'une des poches de sa veste, un tweed de chez Norman Norell, les clés de son appartement peut-être, et finit par ronchonner :

— Ne vous y trompez pas, jeune homme, si j'ai accepté de venir à ce rendez-vous officieux, c'est uniquement par égard pour votre père. Je l'aimais bien, figurez-vous. Il était un critique d'art tout aussi important que cet insupportable Edmund Wilson ! Et, que Dieu me savonne la mémoire, il écrivait des phrases tout à fait pertinentes... C'était du style : « La peinture contemporaine devient, pour les milliardaires, la façon la plus élégante d'attirer les dollars. » Cette sorte de subtilité, et c'est pour cette raison que j'ai décidé d'écouter sans interrompre les sornettes que vous allez immanquablement me débiter...

Comme le sergent Frost s'apprêtait à répliquer, il l'arrêta d'un geste. Il dit :

— Mon jeune ami, ce que vous m'avez raconté au téléphone, voici une heure à peine, m'autorise à ne pas croire un traître mot de votre histoire... Toutefois, si ce que vous avez à dire est susceptible d'éclairer un tant soit peu la justice sur cette extravagante affaire du tueur de dames, soyez assuré de toute mon attention... pourvu bien sûr que nous ayons à boire...

Et sur un geste du juge, le serveur noir déposa la bouteille de Jim Beam sur la table.

Le sergent Benjamin Frost du 85e commissariat est posa ses yeux gris fer sur Preston et dit :

— Voyez-vous, monsieur le juge, l'année dernière a été terrible... Jack est mort le premier. Et après Jack, Paul a également fait le grand saut. Deux collègues extraordinaires. Des flics hors pair. Flingués pour rien. Dans des conditions absurdes. De nos jours, les jeunes sont tous enfouraillés. Ils tirent ! bon dieu, ils tirent !... Vous n'êtes plus à l'abri derrière votre beau métier de policier. Mais le pire, c'est que six mois plus tard, ça a été au tour de Pearl de quitter cette vallée de larmes. Pearl assassinée !.... Tuée sauvagement. A coups de ciseaux. Huit trous à hauteur de la poitrine... Tous mes amis qui s'en allaient en même temps...

Benjamin Frost baissa la tête. Il présentait tous les symptômes d'un homme accablé.

Le juge Preston, au lieu de l'aider en lui adressant la parole, se contenta de l'observer. Ses yeux, habitués aux audiences, étaient punaisés sur fond de craquelures rouges.

Le sergent Frost releva une mèche qui s'était mise en travers de son front. Il ébaucha un sourire compassé. Il toucha machinalement sa valise qui était à ses côtés, comme pour contrôler si elle était toujours là.

— Eh bien, dit-il, puisqu'on en est à parler de Pearl, il faut que je dise tout : il y a dix ans, cette fille aurait foutu le feu à un séminariste... à cause de ses yeux verts, principalement. Mais pas seulement ça. Elle avait... elle avait un sourire absent et des seins éducatifs...

Le juge Preston souleva imperceptiblement le sourcil droit. Frost précisa :

— ... Des mamelles exemplaires, qu'elle mettait volontiers en valeur et même, à notre disposition, par l'échancrure de ses corsages blancs... Jamais vu Pearl porter un soutien-gorge. Nous...

— Nous ? grommela Samuel Preston en promenant son verre jusqu'à ses lèvres.

— Nous, à l'époque, c'étaient quelques étudiants impécunieux. Une poignée de cloches. Jack, Paul et moi, premiers servis... « La bande à Phil Marlowe », comme on nous appelait ! Ceux qui ne pouvaient même pas faire face aux dépenses des amours tarifées ! Des tocards, pas d'autre qualificatif !

Il sourit et chercha les yeux de son interlocuteur.

— Tenez, dit-il en abaissant ensuite subitement son regard sur les mains du juge, je me souviens de scènes vraiment hors du commun... Parce que, comme j'ai dit, plutôt que de nous prêter quelques dollars et de nous perdre, Pearl préférait nous offrir les fleurs de ses seins. Ah, les roses ! Ah, l'hospitalité ! Vous auriez vu ! Elle avait une piaule avec une terrasse qui plongeait sur Sheridan Square... Tandis que nous la tripotions au soleil, elle lisait son journal. Ou bien, elle tirait l'aiguille, le médius coiffé d'un dé à coudre. Pearl adorait déjà le patchwork. Elle assemblait de petits morceaux d'étoffes de couleur avec un goût étourdissant. Et cette activité insolite, faite de patience et de sens artistique, lui valait un statut à part. Avec ses nichons à l'air, son expression absente, elle donnait l'impression que ce que nous pétrissions, sa chair fraîche en l'occurrence, ne la concernait pas. Suçons, pinçons, elle s'en battait l'œil. Elle cousait. Elle regardait ailleurs... Cette fille prêtait son buste avec un détachement, une philosophie, une distance tellement vertigineuse, que nous en étions venus à la respecter. Elle était pour nous, comment dire ?... Une idole familière. Et, bon dieu ! vers 1972, les types de criminologie, deuxième année, étaient fous d'elle ! Vous auriez dû voir cela ! ! J'étais,

Jack était, Paul était, nous étions tous dingues de Pearl Huttington.

Les yeux rusés de Frost se posèrent à nouveau sur le vieil homme qui se tenait en face de lui. C'était comme s'il voulait vérifier l'effet de ses allégations sur Samuel Preston. Mais il en fut pour ses frais. L'autre semblait véritablement sur le point de s'endormir. La chaleur, sans doute. Frost passa sa main sur son propre front. Il transpirait. Une mouche prit un reflet de soleil et atterrit inopinément sur l'épaule du policier. Elle commença à s'y croiser les pattes. Il faisait si lourd.

Frost posa son verre sur la table. Un geste bruyant et pas entièrement innocent. Il fallait que le juge l'écoute. Pour l'amour du ciel, il fallait.

— Pearl avait aussi des jambes, je jure, comme je n'en ai plus jamais revu après... Même lorsque, jeune flic ébloui, j'ai trouvé tout ce que Sandy Boots avait à montrer sur scène si formidable que je lui ai fait du gringue et que je n'ai eu de cesse de l'avoir épousée. Sandy Boots ! Sandy-la-chienne !

— La chanteuse ? demanda le vieux juge. Et il consentit à ouvrir un œil injecté. Votre père était triste à ce sujet, dit-il encore. Il répétait à qui voulait l'entendre qu'avant de vous connaître, cette femme avait pris la terre entière sur son ventre.

— Sandy-salope, confirma Frost. Sandy qui m'a plaqué. Il y a un mois à peine. Justement le soir où Pearl est morte, tenez. Pearl percée de huit coups de ciseaux ! Horrible à regarder.

— J'imagine votre soirée, jeune homme ! Perdre deux femmes à la fois ! Quelle cuite, je suppose !

Le sergent Frost eut un geste agacé pour effacer ces paroles de poivrot. Il sembla faire un effort sur lui-même pour ne pas se lever et prendre la porte immédiatement. Il posa la main sur la poignée de sa valise. Il finit par se calmer au prix d'un douloureux effort. Il redressa sa silhouette mince. Il dit :

— Ecoutez-moi jusqu'au bout, juge Preston.

Sa voix était devenue sifflante. Il y avait une sorte de hargne dans son comportement. Il se pencha vers son interlocuteur et agrippa son avant-bras.

— Pour en revenir à Pearl, siffla-t-il fiévreusement, il faut que vous sachiez qu'à ma sortie de l'école de police, je l'avais complètement perdue de vue. On m'avait dit qu'elle était repartie chez ses vieux, quelque part du côté de Springfield, Connecticut. Et finalement, ce n'est que cinq années plus tard que je l'ai sautée. Quand nous nous sommes retrouvés par hasard. A San Francisco.

— Une preuve de plus s'il en est besoin que la vie fait des nœuds, concéda Samuel Preston, et pas la peine dans ce cas, jeune homme, de me broyer le poignet pour captiver mon attention. D'autant qu'elle vous est acquise.

Pour le prouver tout à fait, le juge se versa un verre qu'il assécha aussitôt. Il semblait d'ailleurs graduellement s'intéresser davantage à l'existence. Sans doute le comportement nerveux de Frost qui venait de piquer sa curiosité d'investigateur. Ce type semblait vraiment agité par une mauvaise fièvre intérieure.

— Parlez-moi du jour où vous avez revu Pearl, suggéra-t-il aimablement. Il étouffa un imperceptible renvoi. Etait-elle toujours aussi belle ?

— Elle était plus suffocante que du soufre, murmura Frost.

— Et toujours autant à côté de la plaque ? s'enquit Preston.

— Franchement, oui, dit le policier. La seule différence visible à l'œil nu, c'est qu'elle était mariée. Il sembla soudain se rendre compte de son attitude tellement empreinte de violence contenue et desserra son étreinte. Le juge reprit son poignet endolori et le frotta doucement sous la table. Frost se mit à regarder dehors. Un sourire mince éclaira son visage. C'était un peu comme si, en un point vague de l'espace, il venait de rencontrer quelqu'un après un long voyage. Une douceur retrouvée.

— Vous ne saviez toujours pas ce qui faisait plaisir à Pearl, finit-il par dire. Elle souriait. Elle avait toujours son sourire absent. Vous tourniez autour d'elle, bon. Mais elle ne se contentait pas de mettre en valeur son châssis exceptionnel. Si vous vouliez que tout cela existe pour de vrai, c'était à vous de faire le chemin... Gee !... Je me souviens... elle est entrée dans la pièce avec sa poitrine rebondie, et bon dieu ! c'était comme si tout recommençait. Elle tenait son foutu patchwork à la main.

— Et vous l'aimiez ?

— Pas encore. Je ne le savais pas encore. Elle m'a tendu la main. Elle a dit : « Hello. » Pas plus. Comme à n'importe qui. Elle a ajouté : « Very pleased to meet you. » Elle s'est assise. Elle a enfilé son dé à coudre en or et, tire l'aiguille, elle a commencé à assembler un carré lilas avec un carré bleu de prusse...

— Et son mari, dans cette affaire ?

Frost sursauta presque.

— Bob nous regardait, dit-il. Il nous regardait simplement. C'est lui qui avait insisté pour nous présenter l'un à l'autre. Je jure que c'est la vérité, dit-il nerveusement.

— Pourquoi mentiriez-vous ? s'étonna le juge.

Mais Frost continuait son songe.

— Elle l'appelait Bob, dit-il. En fait, moi, je l'appelais Robert. Robert Flemming. Lieutenant de police, Robert Flemming, s'il vous plaît.

Les prunelles du juge Preston firent un bond de côté. Une agilité inattendue. Elles ne revinrent à leur place qu'avec lenteur.

— Poursuivez, dit-il simplement.

— Flemming était un type propre, murmura Frost. Un foutu type à la hauteur. J'avais de l'admiration pour lui. C'était un enquêteur de première force.

— Pas besoin de me faire l'éloge de Bob Flemming, grogna le juge Preston. Je connais son pedigree. J'ai travaillé avec lui il y a une dizaine d'années, figurez-vous. Et à cette époque-là, pas une affaire criminelle qu'il ne résolve avec un brio exemplaire.

— Sauf celle-ci, dit Frost. Sauf celle-ci qui le concerne, dit-il avec hargne et ressentiment.

— Que cherchez-vous à insinuer ?

Frost ne répondit pas directement. Il se passa brusquement la main derrière la nuque.

— Décidément, dit-il, quand je me retourne sur cette première soirée, je ressens un étrange malaise... Un peu comme si les choses s'étaient mises de travers dès le début. Tout était si absurde !

— En effet, dit le juge en finissant son verre. Comment se fait-il que ni vous ni Pearl n'ayez eu le réflexe d'avertir Flemming que vous vous connaissiez déjà ? C'était par... par esprit de dissimulation ?

— Je jure bien que non. Plutôt pour des raisons imprécises. L'œil attentif de Bob, peut-être. Son regard qui ne nous lâchait plus et nous épiait tandis que nous échangions cette soi-disant première poignée de mains.

— Mais enfin, qu'a-t-il dit ?

— Rien que de très normal : « Je veux que vous deux soyez des amis. De vrais amis. » Voilà ce qu'il a dit exactement. Et aujourd'hui encore, je pense que notre omission mutuelle est plus à mettre sur le compte d'un trouble réciproque que sur l'intention de dissimuler quoi que ce soit à Bob.

Frost s'interrompit. Il leva ses yeux gris sur son interlocuteur.

—N'empêche, dit-il comme s'il désirait le choquer,

n'empêche que le soir même, j'ai baisé sa femme dans un hôtel miteux, non loin du port. Je me souviens encore de la crasse et de l'odeur d'urine.

— Pourquoi avoir choisi cet endroit ?

Frost crispa sa main dans sa poche. Elle devint blanche à force de serrer ce qu'elle venait d'empoigner. Il se sentait violent. Il se tut. Il pouvait très bien se retenir de hurler.

— Je l'ai baisée dans la crasse, finit-il par articuler.

— Besoin de vous rabaisser ? Manière de vous mesurer à Flemming ? demanda encore le juge Preston.

— Je l'ai baisée dans l'urine et au milieu des puces, s'obstina Frost.

Il releva lentement la tête et lâcha ce qu'il tenait dans sa poche.

— Après, après, au fil des mois, je n'ai plus cessé de le faire. Par intermittence d'abord, puis de plus en plus régulièrement. A cause de Bob lui-même, j'aimerais dire... Parce que Bob était un type formidable. Tolérant, voilà ce que je cherchais...

— Vous travailliez ensemble ?

— Oui. J'étais entré à la criminelle. Des cas vraiment difficiles nous passaient entre les mains. Jésus ! Flemming était vraiment très fort ! J'étais devenu son adjoint... et le soir, naturellement, il aimait m'avoir à la maison.

— A sa table ?

— Tout naturellement. Pour parler boutique.

Pour boire de la bière en sa compagnie... Et les jours passaient. Et Pearl souriait. Elle cousait. Elle faisait du patchwork. Et moi, la merde, je baisais Pearl J'étais l'adjoint de Flemming. Et je négligeais ma propre épouse.

— Et Bob ?

— Il ne disait rien. Jamais rien. A part des phrases de flic. Déjà nous avions contracté des habitudes à trois. Un ronron, vous comprenez. Un confort. Une routine. Une quiétude... Si bien que le jour où ni Jack ni Paul n'ont plus été là, victimes du devoir, bon dieu ! il n'est plus resté que Pearl. Pearl, Bob et moi.

Une saloperie de silence fit son chemin jusqu'au plafond constellé d'angelots en stuc. Le juge Preston en profita pour finir un nouveau verre. Son visage n'exprimait rien de particulier. Ni curiosité excessive, ni intérêt démesuré. Il posa son regard vitreux sur l'homme jeune qui rongeait un ongle en face de lui.

— Bière, hein ? bougonna-t-il. Bob et vous buviez de la bière... Jamais pu encaisser ce breuvage.

— Et je baisais Pearl, dit Frost. Bon dieu, j'étais perdu.

— Complaisant, le lieutenant Flemming ?

— Je n'ai jamais su vraiment. Après le dîner, il se levait. Il renversait sa silhouette massive vers l'arrière. Il s'étirait. Aucune retenue. Il finissait son bock. Il me tapait sur l'épaule. Et il partait au volant de sa voiture.

— Où allait-il ? Que faisait-il ?

— Il s'engloutissait dans la ville. C'était comme si les ténèbres étaient son seul refuge. Sa bagnole décollait du trottoir. Par le rideau soulevé, je suivais ses feux rouges qui disparaissaient au coin de la rue. Je me rappelle, tout au bout, il y avait un bar, une saleté de rade avec une enseigne de néon... Les tubes mauves figuraient une danseuse. Elle levait la cuisse et finissait par enjamber la façade... Quand je cauchemarde, c'est toujours elle que je revois en premier... Putain de danseuse ! Elle escalade toutes mes nuits et elle a le visage de Sandy Boots !

— Où est votre femme depuis qu'elle vous a quitté ?

Les yeux gris fer de Frost se détournèrent brusquement. Une sorte de courte absence.

— Elle vit avec un type qui tape sur un piano. Pour le moment c'est avec lui qu'elle est... Je ne me tiens pas vraiment au courant, dit-il très vite.

— Et Pearl ? demanda le juge Preston. Comment se terminaient les soirées ?

— Pearl... Son mari parti, elle posait son ouvrage. Elle me fixait avec son sourire éternel. Elle disait calmement : « Eh bien, je finirai demain. » Elle admirait le foutu patchwork. Elle le posait à regret. Elle disait : « Plus que quatre carreaux... un bleu, un vert, un rose et le dernier qui sera jaune... » Et je la baisais à même le sol.

Frost leva soudain ses yeux fiévreux sur le juge.

— Mais Sandy, me direz-vous ? Vous étiez bien marié ? Oui, je l'étais ! Mille fois oui, bien sûr ! Je l'étais même plus que quiconque ! Seulement Sandy n'était jamais là.

— Comment pouvez-vous dire cela ? Apparemment, c'est vous qui ne rentriez jamais chez vous...

— Foutaises ! Pas au début ! J'ai été marié deux ans, figurez-vous, avant que je ne rencontre à nouveau Pearl. Deux années, vous m'entendez ! Un siècle ! Deux longues années, deux hivers pendant lesquels Sandy-la-chienne n'a pas cessé de m'humilier. Même mes amis ! Même Jack, même Paul ! Elle les a pris. Il les lui fallait tous. Personne ne savait lui résister. Elle avait une peau qui les rendait fous. Des inventions, des exigences. Son corps, son corps, une ingénieuse folie de ça. Du vice. Du vice, je crois. Un jour, j'ai trouvé Jack dans mon lit. Il était ivre. Il était à quatre pattes et il pleurait. Alors, j'ai pris l'habitude de rôder...

Il se tut. A bout de forces. En équilibre sur ses nerfs.

— Pourquoi ne pas avoir quitté votre femme ? dit le juge Preston.

— Et pourquoi la vie est-elle comme un songe ? Pourquoi derrière le couloir, y a-t-il toujours un autre couloir qui se reforme ? Pourquoi Pearl a-t-elle ressurgi dans ma vie ? Pourquoi est-ce que je marche sans cesse sur une mosaïque ? Il y a des moments dans l'existence, je pense, où tout ce que vous regardez est vu au travers d'un kaléidoscope. Vous... Les formes se dérobent, tourneboulent, se dirigent. Elles... Elles ont toutes les couleurs. Des triangles, des carrés. Et les bords deviennent flous, je trouve... C'est comme les dés. Vous mélangez les dés. Bon ? Où est l'as ? Où est le six ? Plus de haut, plus de bas. Il y a des jours, il me semble, où vous perdez le mode d'emploi, non ? Jamais ? La clé. Le sens. C'est comme les mots, non ? Si vous les regardez trop, vous ne les reconnaissez pas. Les adjectifs, tenez. Fragile, cruel, chaud, froid, révoltant, solide, violent, ouvert, fermé, sensuel, vous ne savez plus. Où est la morale, hein ? La signification ? Qui a fermé la caisse ? De quel emballage est fait l'enfer ? Ah ? Est-ce un cube ? Je demande. Est-ce le sexe d'une femme ? Un empaquetage sous vide ? Un bol d'acide ? Des flammes ? Un crime ? Un rire de gorge ? Un mensonge ?... C'est comme vos pas. Vos préoccupations habituelles. Votre métier. Tiens, et les gens ordinaires, ceux des rues, fichaises ! Illuses intégrales ! Fatras ! Incohérence ! Il y a des jours où même les choses simples et irréfutables, le soleil, voyez, la pluie, ce genre de trucs, sont contestés, balayés, dérisoires, grotesques ! Et pour avoir une chance de vous en sortir, tout ce qui vous reste à faire, c'est d'entrer dans la photo... Et après, *après,* vous êtes parfois étonné de ce que vous avez fait...

Frost s'arrêta brusquement de parler. Il l'avait fait pour lui-même. Il était essoufflé, comme s'il avait couru. Et de fait, c'est après lui qu'il avait couru.

— Parfois, on ne se rattrape pas, dit-il. On n'arrive pas à se rassembler. Et la tête s'y perd. Elle éclate.

Il serra son poing sur la table. Il était pâle. On aurait pu croire qu'il allait sangloter. Il sourit pour atténuer la violence de ses propos.

— J'exagère tout, je suppose, dit-il. Je me suis laissé aller. Je peux redevenir calme. Je respire, voyez. Voyez, je respire avec le ventre, c'est radical. Là ! Je vous jure que je suis quelqu'un qui se contrôle. D'ordinaire. D'ordinaire, répéta-t-il.

— Pas de doute là-dessus, dit le juge. Il se contenta de boire un autre verre. Il le fit avec une grande économie de gestes.

— Je me retiens si j'ai envie de hurler, dit Frost.

— Pas de doute là-dessus, répéta le juge. Vous vous êtes énervé, simplement.

— Parce que j'ai parlé de Sandy, dit le policier.

— Ça n'est pas douteux, dit le juge. Vous auriez mieux fait de continuer à me parler de Pearl. Pearl vous calme. Elle vous calme, n'est-ce pas ?

Frost leva des yeux chargés de reconnaissance.

— Oui, dit-il. Elle me réunit. Et je crois que maintenant, vous avez, vous aussi, tous les éléments pour m'aider. Car c'est d'aide que j'ai besoin. Sinon, je ne serais pas venu vous trouver, n'est-ce pas ? Vous vous doutez bien. C'est un risque énorme que j'ai pris.

— Je vous remercie de votre confiance, Ben, dit le juge. Quand êtes-vous arrivé à New York ?

— Ce matin. C'est un risque énorme que j'ai pris, répéta Frost.

— Vous avez frappé à la bonne porte, dit le juge.

— Que comptez-vous faire ? demanda Frost.

Il avait l'air plein d'espoir.

— Je suggère que vous me laissiez réfléchir, grommela Preston. Et nous pourrions prendre un autre rendez-vous. Qu'en pensez-vous ? Nous revoir. Nous revoir demain. Ici même, pourquoi pas ? En toute confiance. En toute confiance, répéta-t-il.

Frost le dévisagea. Il était à nouveau sur ses gardes. Ses yeux gris fer étaient fixes à ce moment-là. Ils l'étaient.

— Je... commença-t-il.

Mais le juge Preston, en face de lui, fit une grimace tellement exorbitante, qu'il s'interrompit. A cause d'elle, il fallut en passer par un silence plutôt irritant. Jusqu'à ce que le visage du magistrat ait repris, avec une lenteur extrême, son ordonnance coutumière. A savoir, un nez passablement turgescent, centré sur deux bajoues satinées, rubicondes, et dessous, presque pas de bouche, un rond.

— Que se passe-t-il ? demanda Frost.

Il était sincèrement étonné.

— Il se passe, jeune homme, qu'à mon âge, on n'est plus fatalement maître de ses sphincters et que notre désarroi flotte au gré de notre incontinence. Je vous écoute depuis tantôt trois quarts d'heure, j'ai bu plus que de raison, et ma vessie a pris des proportions que la statique réprouve. Je suis dilaté et je souffre sous la table. Il faut donc que je me délivre, et croyez bien que je reviens vous entendre...

S'étant levé sur ses mollets de tétras, Samuel

Preston contourna la table, puis la valise de Frost avec un soin appliqué. C'était pour ne pas tomber. Une fois dans l'allée, il retrouva toute sa prestance. Il boutonna sa veste sur son ventre. Ensuite, prenant toujours garde de ne pas perdre l'équilibre, légèrement incliné vers l'avant, sens de la marche, il sembla prendre un élan calculé. Presque gracieux, sur un pas de menuet, il s'en fut soudain. Il courait presque dans la direction indiquée par les flèches.

Arrivé au vestiaire, il s'engouffra dans l'une des cabines téléphoniques. Le juge semblait recouvrer sa lucidité à vue d'œil. Une série d'actes et de gestes brefs lui vinrent naturellement. Il consulta un agenda et composa d'une main qui tremblait à peine un numéro à San Francisco. Il se nomma, Samuel T. Preston, et tous ses titres, et demanda à parler, toutes affaires cessantes, au lieutenant de police Robert Flemming.

Il se passa peu de temps, seulement quelques grésillements de routine, avant qu'une voix exagérément joviale se fraye un passage au-dessus de l'Amérique. Elle escalada les Rocheuses, coucha de son haleine chaude les blés du Nebraska et demanda à l'oreille du juge si New York, putain de ville, était toujours aussi sale.

Samuel eut un rictus de coin. Pas de doute, c'était l'ombre d'un sourire. Il répondit, sans humour véritable dans l'intonation, qu'assez pour tous les siècles à venir de ces sortes de réflexions imbéciles, et que New York était bien la plus belle ville du monde. Il dit aussi qu'il avait peu de temps à accorder aux facéties éculées des vieux flicards sur le retour. Il épongea son front.

Simultanément, au fond de son commissariat surchauffé, Bob Flemming ouvrit le tiroir de son bureau et cracha dedans. Il fit un signe à un gars en chemise pour qu'il lui verse une bière. En même temps, de sa voix pleine d'entrain, il attribua au juge encore une bonne dizaine de noms d'animaux connus pour leur mauvaise réputation. Enfin il rota. Il dit qu'après dix ans, il était prêt et tout à écouter ce qui amenait Samuel T. Preston à lui faire l'aumône d'un coup de fil.

— Connaissez-vous Benjamin Frost, demanda sans détour le juge. Sergent Benjamin Frost ?

— Mille cobras ! Plutôt deux fois qu'une, hurla la réponse. C'était mon adjoint jusqu'à hier et j'ai lancé un mandat d'amener contre lui. Il est accusé du meurtre de quatre femmes, ici, sur la côte ouest. Le tueur de dames, entendu parler ? C'est lui. Son dernier crime date de la nuit dernière... Une prostituée, devant un cinéma. Toujours la même dinguerie, un rite, le corsage arraché avec une violence inouïe et, mille serpents, le bas de sa robe découpé avec les ciseaux qui ont servi à la tuer... Mais pourquoi me demandez-vous ça ? Vous l'avez vu récemment ?

— Je peux le voir d'où je suis, répondit placidement le juge. Figurez-vous que lui et moi sommes attablés devant une bouteille. La scène se passe au Stanhope, un endroit tranquille où j'ai mes entrées. Et sur la Bible, je jure que ce garçon, dont j'ai honorablement connu le père, vient de me raconter les histoires les plus extravagantes qu'un homme puisse inventer...

— Ce type est dangereux, l'interrompit Flemming. Toute bonhomie avait disparu de sa voix. Ecoutez-moi, Sam. Il faut prévenir la criminelle. Frost va sûrement tenter quelque chose contre sa femme.

— Sandy Boots, hey ? C'est ce que vous voulez dire ?

— Oui. Elle habite depuis huit jours de votre côté du pays. Elle se terre dans un hôtel. Elle est morte de trouille depuis qu'elle l'a quitté. Elle a demandé la protection de la police.

— Je vais m'efforcer de faire le nécessaire, Bob. Je... Il va bien falloir que je retourne auprès de lui, sans quoi, il se doutera de quelque chose... Et avant de raccrocher, Bob, je veux que vous sachiez que je suis sincèrement désolé pour ce qui est arrivé à votre femme... je...

— Ma femme ? Gardez vos plaisanteries pour vos bouteilles de Jim Beam, vieux chacal en robe noire ! Grâce au ciel, je suis toujours le plus fieffé célibataire de tout l'Etat et j'en profite pour continuer à chiquer mon tabac...

— Vous ne... Vous ne vous êtes pas marié ? Mais alors... Qui est Pearl ?

— Pearl ? Pearl Huttington, je parie ! C'était la poule de ce damné Frost. Elle est morte il y a deux ans. Il ne s'en est jamais relevé.

— Assassinée ?

— Non. Accident de la route. C'est lui qui conduisait. Ils s'étaient perdus de vue et retrouvés quinze jours auparavant. Quand on les a découverts au fond du ravin, Frost était comme dingue... La morte était à poil à côté de lui. Il l'embrassait sur la bouche. Elle avait un patchwork sur les genoux. Un dé à coudre au doigt. Elle était coincée contre le tableau de bord... les ciseaux qu'elle tenait au moment du choc lui avaient perforé le thorax. A part ça, elle avait l'air vivante. Le flic qui les a découverts a raconté que Frost lui pinçait les seins. Il lui parlait. Il lui pinçait les seins. Quand je suis arrivé sur les lieux, il s'est mis à chialer. Il chialait comme un gosse. Je jure que c'était pitoyable. Il répétait sans cesse : « Bon dieu, est-ce que tu as vu ça, Bob ? Bon dieu, elle n'a même pas fini cette saloperie de patchwork... Il s'en est fallu de cinq maudits carreaux ! Quelle merde ! » Et après, il a vraiment craqué. Il a fallu qu'on s'y mette à plusieurs fois pour le ceinturer. Il gueulait. Il voulait foutre à sac la terre entière. Il braillait aussi que toutes les femmes étaient des putains... Je n'aurais jamais cru qu'il puisse être aussi fort...

— Et après ?

— Un mois plus tard, le sergent Frost a repris son service. Il avait l'air différent. Il m'a regardé comme un zombie. Il a dit : « Bob, je ne veux plus jamais qu'on me parle d'elle. Plus jamais. » Et il est venu de plus en plus souvent à la maison. On est devenus vraiment copains. Un jour, il m'a demandé d'aller baiser sa femme. Et j'y suis allé. Bon dieu, Preston, comment est-ce que les gens fonctionnent ? Après moi, d'autres aussi sont allés baiser sa femme. Et puis les meurtres ont commencé, le mois dernier.

— Un meurtre par carreau manquant, n'est-ce pas ?

— Oui. Encore un meurtre et le patchwork sera fini. C'est ce que j'ai compris hier. Vous seul pouvez sauver Sandy Boots.

Le juge risqua un coup d'œil par la vitre de la cabine. Il dit :

— Vous savez, Flemming, ce type, Frost, j'ai l'impression que s'il m'a raconté toutes ces conneries, c'est juste parce qu'il voulait que je vous appelle... J'ai même la certitude qu'à l'heure actuelle, il se doute parfaitement que je suis en train de vous parler...

— Vous avez raison, juge, Ben veut tout simplement que tout cela s'arrête. Que ça s'arrête une bonne fois. Merci de vous en occuper.

Après, il y eut un mauvais crachouillis. Les deux hommes se taisaient. Entre eux, il y avait juste ce maudit câble qui traversait l'Amérique. Juste ils se taisaient. Une vibration.

Pour chacun, c'était à l'autre de raccrocher...

Frost leva ses yeux fiévreux sur le juge qui revenait s'asseoir à la table. Preston bougonna une phrase qui commençait par quelque chose comme : « Je m'excuse d'avoir été si long... » mais Frost lui coupa la parole. C'était comme s'il voulait occulter délibérément la parenthèse de dix minutes qui les avait séparés. Il se pencha en travers de la table.

— Il faut seulement m'aider à rassembler mes petits carrés de vie, dit-il. Mes morceaux de couleur. Rien d'autre. Il ne faut pas me faire de mal, dit-il après un temps de réflexion. Je ne l'ai pas mérité. Et aussi, j'ai peur de ma mort.

— Bien sûr, bien sûr. Nous irons doucement, dit le vieil homme, je vous le promets. Graduellement. Nous ferons tout pour vous garantir un retour harmonieux parmi nous. Nous vous attendons.

— Et vous voulez que je sois complet, n'est-ce pas ? C'est bien ce que vous souhaitez ?

— Je le souhaite vivement, Ben.

— Et vous êtes mon père ?

— Et je suis le plus près de vous possible.

Frost semblait plus jeune. Plus jeune et plus apaisé. Une expression pleine d'espoir éclaira ses traits fatigués. Il se leva. Il était mince dans son costume italien. Il se redressa, comme pour se grandir. Il tenait sa valise à la main. Il avait enfilé un dé à coudre en or sur le médius de sa main droite. Il montra vaguement son bagage. Il dit :

— A demain, juge Preston. Plus qu'un carré rouge, et j'ai fini.

Il s'avança vers la sortie. Sur le trottoir, il y avait un groupe d'hommes. D'autres sortaient d'une limousine noire. Il se dirigea vers eux sans hésiter. Au plus proche, il tendit sa paire de ciseaux, en prenant soin de la tenir par les lames pour qu'il ne se blesse pas. On lui passa les menottes, mais tout le long du trajet, il garda sa valise sur ses genoux.

— C'est mon ouvrage de dames, dit-il avec un sourire triste.

Table des matières

Achevé d'imprimer en août 1983
sur presse CAMERON
dans les ateliers de la S.E.P.C.
à Saint-Amand-Montrond (Cher)

Dépôt légal : septembre 1983.
N° d'Édition : 145. N° d'Impression : 1228-903.